私たちの金曜日

有川ひろ／恩田 陸／桐野夏生／
田辺聖子／津村記久子／山本文緒／綿矢りさ
三宅香帆＝編

角川文庫
23501

目次

社畜

山本文緒

山本文緒（やまもと　ふみお）
1962年神奈川県生まれ。OL生活を経て、87年小説家デビュー。99年『恋愛中毒』で吉川英治文学新人賞、2001年『プラナリア』で直木賞を受賞。著書に『ブルーもしくはブルー』『絶対泣かない』『ファースト・プライオリティー』『再婚生活』『アカペラ』『なぎさ』『自転しながら公転する』など多数。21年、癌のため逝去。

会社というところは、二割の優れた人材と五割の平均的人材、そして三割のぶら下がり社員に分けられると聞いたことがある。それでいったら私はたぶん三割の給料泥棒なのだろうと思う。別に卑下しているわけでも何でもなくて、自分が社会人になってから八年間、何をしてきたかを振り返ればそれは歴然としている。大手家電メーカーの通信機器部門で、人に言われたデイリーワークを何も考えずにただこなしてきただけだ。

「吉住さんって案外シャチクだと思わない？」

「あーそうかも。主任とは別の意味でね。理事の姪っ子らしいし」

「よく見ると全身ブランドだもんね」

「一見もっさりしているところが、お嬢入ってる」

女の子達の笑い声を、私はトイレの個室でストッキングの膝を抱えて聞いていた。昼食後の眠気に耐えられずに席を外し、蓋をしたままの便座に座ってウトウトしていたら、思いがけず自分の噂話を耳にしてしまったのだ。シャチクという単語がしばらく漢字変換できなくてぼんやりし、社内貯蓄のことかな、案外貯金持ってるって言われたのかなと思いながら彼女達の声が遠ざかっていくのを待って、個室を出て手を洗いながら、ふとそれが

「社畜」なのではないかと頭に浮かんだ。

昨年建ったばかりの新社屋のぴかぴかのトイレの鏡に映る、コンサバスーツ（でも指摘どおり姉のお下がりの五年前のモガ）の三十一歳の私。流行を外しても追いかけてもいない髪型と化粧の、丸顔で眠そうな目の私。その私をつかまえて「社畜」とは。でも言われてみれば、ものすごく的を射ているように思えて、妙に納得してしまった。

今までの人生あんまり悪口を言われた経験がないのでショックというよりは新鮮で、すっかり眠気のさめた私はやや緊張しつつフロアに戻った。衝立（ついたて）のないだだっ広いオフィスの海にデスクの島が浮かび、そこには午後の会議を控え、いつもより大勢人がいて、わんわんと電話の音やら笑い声が響きわたっていた。

「あ、吉住さん。どこ行ってたの。ちょっといい？」

主任と目が合ったとたんそう言われ、私は慌てて彼の背中を追いかけた。デスクの島でさっきの女の子達が視線だけで「ほらね」という顔をするのが見えた。まだ二十代の真ん中で、宴会は三次会まで行くのが当たり前、朝までカラオケをしてもヘアメイクとスタイリストの人が家にいるかのようにキメキメで出勤してくる元気な彼女達。自分もかつてはああいうふうだったのか、うまく思い出せなかった。そんな何年も前のことではないのに。

私より背の低い主任は、誰もいない喫煙コーナーで立ったまま煙草に火を点（つ）けた。人影はないのに、目はチワワのようにキトキトとあたりを窺（うかが）っている。

「で、どうする？　たぶん今日の連絡会で本決まりになると思うけど」

どうするもこうするも内示が出てるんでしょ、と思ったが口には出さなかった。さっき女の子達に「社畜」と言われた主任はまさにその名にふさわしく、上層部の方針に絶対服従で、それはつまり直属上司が替わったら、掌を返したように新任部長の言うとおりに意見を変える会社の家畜のようである。先月またボスが替わって部内の編成が変わり、彼が得意の掌返しを見せたので、さらに彼の人望は薄れていた。はっきり言って今やこの気弱い、そのくせ出世のことしか頭にない主任の言うことをまともに聞くのは私しかいないだろう。でもそんなことはどうでもよかった。ただいつの間にか自分の上司が年下になっていることに、多少感慨を覚えるだけだ。

「まあ覚悟しておいてください。僕もできる限りフォローするから」

はい、としおらしく返事をして私は先にデスクへ戻った。そんな私を皆は見ていない顔をして、でも視線の端でずっと追っているのが分かった。

週に一度の連絡会は始まる前から既に空気が淀んでいた。本部長、部長、課長、課長代理、主任、主任補、私のようなヒラも数名いて、全部で二十名弱か。つい数ヵ月前までいた本部長は若手を自由にさせてくれる人だったが、それが災いしてライバル社にシェアを侵食されてどこかに飛ばされ、新しいボスが外部から投入された。戦略から些細な日々の業務や日報の書き方にまで独断を振り回す本部長はあっという間に皆に嫌われて、彼の出席する会議の雰囲気はいつも重苦しい。私の隣に座った、一年先輩の女性も苛立(いらだ)たしげに手の中でボールペンをくるくる回していた。

彼女は私と違い、二割の優れた人材に入る人だ。何しろこの会社にコネでなくて自力で入ったそうなのだから。うちの会社はここ十年ほど学生が入りたい企業ランキングの上位に必ず挙げられていて、けれど巨大企業なだけにコネ入社も幅を利かせている。ぼうっと生きてきた私などは、自分が不正に横入りしたことにすらしばらく気がつかなかった。

物心つく前に有名私立幼稚園へ入れられ、そのままエスカレーター式に大学まで進んで、そして子供の頃から可愛がってくれた叔父(おじ)が「うちの会社に入ればいいよ」と言ってくれたのでそうしただけだ。その間、居心地が悪かったり違和感を感じたりしたことはなかったが、ただ歳と共に自分が多くの人達よりどれほど恵まれているかということを知るようになると、それはコンプレックスと呼べるくらいには良心の呵責(かしゃく)に触れた。何もできない人間であることを私自身が本当は一番よく知っている。そして隣にはエスカレーターではなく自分の足で上ってきた人が座っていて、ノートになにやらびっちりとメモをとっていた。

「では、今申し上げました通り、新サービス立ち上げの現場チーフは加藤主任」

課長が報告書を読み上げると、ぱらぱらと嫌そうな拍手が起こった。主任は無表情を装っているが口元がどこか得意そうだ。

「サブには主任補として吉住さんがついてください。辞令は来週正式に出ます。以上です」

　これには皆も驚いたようだった。誰もが私の隣に座っている総合職の女性が適任だと思っていたはずで、何しろ昨日こっそり聞かされるまでは私だってそう思っていたのだ。隣で先輩が露骨にこちらをぽかんと見ている。

「主任が根回ししたのね」

　頭のいい人は冷静になるのも早い。彼女はもう驚きを収めてうっすら微笑んでそう言った。会議の出席者は面倒なことには関わるまいと足早に出て行く。私もできればその場を去りたかったが、彼女を無視するわけにもいかなかった。

「私みたいに言うことを聞かないのより、かえって何のスキルもないあなたみたいな人の方が、会社は使いやすいのかもしれないね」

　それは嫌味というよりは独り言だった。だから私はただ黙っていた。

「もう分かった。私の居場所はここじゃない。こんなところにいても腐っちゃうだけだわ。辞表書く」

　私は何か言おうとして、でも何を言っていいか分からなくてパンプスの爪先（つまさき）を見ていた。新しい企画チームに入る当てが外れてショックなのは分かるが、何もそこまで深刻にならなくてもいいのに。お給料よりプライドが大事なのだろうか。

「いつまでそこに突っ立ってるのよ。いい気になんないで」

そこまで言って彼女は唐突に泣きだした。声をあげて子供のように泣いている彼女を残して、私はおたおたと会議室を出る。そして、中学生の時にも似たようなことがあったなと、忘れていた記憶が蘇ってくるのを感じた。私はほんの一票、誰かより多く投票されて学級委員になったことがあった。そうしたら一票差で落ちた女の子が泣きじゃくってクラスメートを驚かせた。立候補したわけではなく推薦されたものだったので、そんなにやりたいのなら替わってあげたくて担任のシスターに告げると「そういうものじゃないのよ」と諭されて困惑したのだった。


「吉住、遅ーい」

「ごめんごめん。なんか帰りがけにごたついちゃってさ」

三十分も遅れた待ち合わせのカフェで、学生時代の友人の畑中はすっかりくつろいでもうビールを一本あけていた。

「珍しいじゃん。残業なんて」

「それがね、なんか私、面倒な仕事任されることになっちゃって」

「へーん。今までだってそうだったじゃない」

事情を聞かなくても分かった顔をして彼女は笑った。幼稚園から大学まで延々と十八年間同じ女学院に通い、その後半の十年間、体育会テニス部で一緒だった私達は、もう精神的レズビアンや夫婦の倦怠期みたいな感情も超えていた。

「そうかな」

「そうそう。あんたの取り柄っていえば、打たれた球を拾うだけ拾うことでしょ。全部拾っとけば、攻撃しなくてもいつの間にか試合に勝つ。で、部長を押しつけられる」

ほろ酔いの横顔で畑中は笑った。私はがっくり首を垂れる。

「褒めてんの、それ」

「見合いでもして結婚すれば？」

そうだ、見合いなんか断っても断ってもいくらでもきているのだ。でも考えてみれば、この私がどうしてそれを断っているのだろう。

「ねえ、畑中。会社って面白いね」

妻子を養うため、自分のスキルを生かすため、そう言って働いている人達が聞いたら卒倒しそうだなと思いながら、私はエスプレッソに口をつけた。ここではないどこかではなく、私の居場所はここだった。それはいつだって同じで、私は今立っているコートで打たれた球を、何も考えずに拾うだけなのだ。

（角川文庫『ファースト・プライオリティー』に収録）

美女山盛（やまもり）

田辺聖子

田辺聖子（たなべ　せいこ）
1928年大阪府生まれ。樟蔭女専国文科卒。64年『感傷旅行』で芥川賞、87年『花衣ぬぐやまつわる……』で女流文学賞、93年『ひねくれ一茶』で吉川英治文学賞、94年菊池寛賞、98年『道頓堀の雨に別れて以来なり』で泉鏡花文学賞、99年読売文学賞を受賞する。2000年文化功労者に。08年には文化勲章を受章。19年、91歳で永眠。

今日も荒井ガラスさんが来ていた。

この人が来るのは、仕事のこともあるが、ウチの会社の、美人社員・木原梢が見たいためなのだ。ちゃーんとわかっている。

荒井ガラスさんは、梢に惚れている。(ウチの会社の男たちと同じく)

それで、やってくると、ぐるりーっとみまわして、梢がいると、

(ヌハハハ……)

というように、思わず口元をゆるめ、ヨダレがたれそうな顔で、一瞬、心を奪われる。

ホカの女にみとれている男の顔ほど女からみて間抜けた、しまらないものはない。

おもしれえなあ。

荒井ガラスさんは息をはずませ、目をぱちくりして、カウンターをまわってはいってくる。

営業の席と経理の席にしか、用はないはずなのに、受付にいる梢に、チラチラと目をあてる。

その口元はゆるみっぱなし。

でも、梢は何にも気付かないで、伝票をホチキスで綴じたり、発信の封筒に切手を貼ったり、というような高度な文化的作業に従事している。

あるいは、朝だと、デパートへ納入する品物に、そのデパートの値札を貼ったり、している。梢の仕事はこのほか、業界紙を綴じとく、とか電話番号訂正の整理だとか、電話番とか、要するに、会社に一人いてもらわなければこまる雑用係である。

いてもらわなければこまるが、いちめん、梢には、雑用係しかつとまらない、ということもある。

字は下手だし、（マッチ棒を面白がって寄せ集めたとしか思えない、バラバラな字画の字）性質がおうようだから、帳簿をつけさせると一ページぐらいすぐ飛ばしてしまうし、請求書を書かせると、ゼロの数をかきまちがえるし、計算機を使ってさえ、打ちまちがって、ユニークな答えを出す。バカではないのだが、要するに大ざっぱなのだ。

性質がおおらかにできている。

もっとも、それも無理はなく、梢は、会社の中で事務をするために傭われているのではない。私なんかは、ちゃんと入社試験（そろばんと常識問題と面接）をやって、事務能力、ならびに高潔なる人格を買われて入ったのだが、梢は元々デパートの派遣店員だったのだ。

ウチの会社は、台所用品の卸し問屋である。金物部（建築金物と荒物は含まない）と、陶磁器、ガラス器に分れている。今橋のビルの中に会社があり、倉庫はちょっと離れているが、ビルの事務所には、七十人くらいの人間がいる。でもこのうち、二十人くらいはデパートの派遣店員である。

デパートというのはたいそうシブチン（けち）で、自分のところの人手不足を、問屋の派遣店員で補っている。問屋は、自分の所でサラリーを出しているのだから、派遣店員を通じて自分の店の納品をより多く売ろうとする。

尤も、客からみれば、同じようなユニホームを着ているから、デパートの店員か、問屋の派遣店員か見分けつかない。品物について客が何かたずねたりしたとき、店員が、

「こっちの方がずーっと長保ちします」

などと気を入れてすすめたりすると、それは問屋からいっている子、ということになるかもしれない。

問屋の店員は、毎日、デパートの閉店後に数の少なくなったものをしらべて、注文をもらう。そうして翌日の朝、問屋から納入するよう手続きする。

デパート店員のように、ただ売りゃいい、というのとちがい、気ばたらきも、事務能力も要するのである。

木原梢ははじめ、そのつもりで傭われたのだそうだが、すぐ、デパート向きでないとわかった。

デパート派遣店員というのは阿呆ではつとまらぬのである。同じようにそこへ派遣されている女の子が、

「木原サンは気が利かないので、二人ぶんの働きせんならん」

とぶうぶういった。

木原梢は、毎夕、閉店後に、デザート皿が何枚売れた、グラスがいくら、などとこまかいことをするのは、気が遠くなりそうで、

「性にあわないんです」

というのだ。

結局、木原梢のかわりに、アルバイトで来ていた「心利いた」女の子がデパートへ詰めることになり、梢は、会社の中で雑用係をすることになった。美人だが無能な女である。

梢は、そのほうがうれしいようだった。

「あたしもう、デパートみたいに気ィつかうところはいややわ。それに人が多いので、人に酔うてねえ」

と田舎者みたいなことをいっていた。そして切手貼りやエンピツ削り、お茶汲みといった「職場の花」的な仕事に変れたことを、よろこんでいた。

もともと、ビルにつとめるOLになりたかったそうである。

喜んでいるのは、会社の男たちもそうである。

美人の梢が事務所に入ってきたというのでイキイキと清新な気分がただよった。

男たちはそれまで私たちに、

「お茶！」

とぞんざいに叫び、

「○○商店に電話してくれたか！」

「これ、出しといてくれ！」

と遠くから手紙をポーンと抛る、そんないいかげんなことをしていたのだ。

それが梢にはわざわざ席まで発信物を持参し、

「これお願いします。カタログやから開封でよろし、すみませんねえ」

などと猫なで声を出す。

商売人の世界なので、男たちは、そうじてみな荒っぽく、盛大に洟をかんだり、オクビをもらしたり、

「カーッ」

と痰を吐いたりしてたくせに、梢がひとり加わってからは、みな、てのひらを返したようにお行儀よくなった。

若い独身社員だけでなくて、中年のおっさん連中までそうである。

お天気屋で気むずかしい、営業の桜井課長も豹変した。

梢の席を、自分のとなりに持って来て、いつもにこにこと梢をからかっている。

この課長はサクランボほどもあるでっかい判コをおすときが、たいそううるさい。

「なんでこんな値ェにしてん」

と文句たらたらいい、なかなか判コをおさない。また、接待の出金伝票も、みっちり油をしぼってからでないとおさない。

しかるに、私のみるところ、横手の席に梢が来てから、ポン！　ポン！　と判コをおし、

「持っていってや」

と気前よく叫んでいる。

あれでええのかな、会社つぶれへんか、と思うくらいである。

私の席は、二人のななめ向いである。

うつむいてペンを走らせていても、二人の会話はきこえる。

「ほんで、何べん見合してん」

「うーん。十二へんくらいかなあ」

梢は甘ったれてぞんざいな言葉を使う。そういう言葉はとても怒るはずの課長が、梢ならば何ともないらしい。

「うーん、そんだけ見合して、ええのん居らなんだか」

「いませんでした。あたしの気に入ったのは父が反対するし」

「あんたみたいな綺麗な娘、親は手放しとうないやろうなあ」

「どうかな」

「ワシでも放しとうない。ワハハハ」

いい気になってる。

おもしれえなあ。目尻下げてる男は面白い。

メーカーの人がきて、

「おやおや、桜井さんこの頃ちっとも出て来えへん思たら、そーんなきれいなん、横に引きつけて納まりかえっとったんか、それでは出られんはずや」

などとひやかしていた。

ほんとうに、梢が来て、事務所の中は、花がぽっと咲いたよう。目立つ美人であるのだ。

背はすらりとしているが、肉もぽっちゃりついている。

色白で、首がほそく、首すじは長い。なよやかにみえる。それに、ちょっと舌ったらずな甘エタ声なので、男たちは有頂天になるみたいである。

けれども、ウチの社内の、女の子は、梢のワルクチばかりいっている。

「あれ、美人かなあ」

と、郡山さき子がせせらわらった。

そういうのも無理はなく、さき子もかなり美人である。

いったいウチの会社には美人が多いのだ。(醜女は私だけである)

郡山さき子といい、岡田ミホ子といい、人目に立つ部類の美女である。

郡山さき子は現代風の、スタイルのいい、顔立ちもひきしまって化粧の上手な美人である。

岡田ミホ子は日本風の、やさしげな美人である。

またさらにいえばさき子は二十八で、ちょうど熟れざかりといった美しさがあり、ミホ子は三十すぎで、しっとりした年増美、ということもできる。

ほかの若い子も、みなかなりの線をゆく美女であるが、その中でもさき子とミホ子は自信があるらしい。

取引先の荒井ガラスの社長は、はじめ、この二人のうちどちらかをねらっていたらしい。荒井ガラスさんは、おくさんを亡くしたやもめである。まだ四十前である。荒井ガラスさんは自分の趣味や年恰好からミホ子がよいと思い、またさき子もモダンな美人なので、そっちにも目移りしているようであった。

「バカにしてるわ」

といいながら、さき子もミホ子も、荒井ガラスさんを意識して、まんざらでもないらしかった。

去年の夏、難波神社のおまつりに、荒井さんは、私たち会社の女の子をひきつれていってくれた。御堂(みどう)サンとよばれる神社である。いっぱいの人で、たくさんの店が出ていた。水中花だの、花火だの、安物の指環、とうもろこしにたこ焼き、綿菓子や金魚釣りなんかの店がびっしり並んでいる。女の子たちは、花火や綿菓子をいくつも買い、荒井さんはそのたびに太っぱらに、

「よろしがな、よろしがな」

といって金を払ってくれた。

この人は大きな軀つきの、もこもこした顔で、色けのない熊のような人であるが、わりにウチの社の女の子には好かれている人である。

それは荒井さんが独身で、結婚相手を物色中のため、女性にたいそう関心がある。それを女の子は知っているためだろうと思われる。

口に上手はないが、会社へ来ると、

「こんにちは。毎度大きに」

と女の子にまんべんなくあたまを下げ、腰の低いところも好感をもたれているのかもしれない。たとえ自分は荒井ガラスさんと結婚するつもりでなくても、候補者物色中という目で、ずーっと関心度の強い一べつをあてられるのは、女の子にとって、いやな気持のものではないからかもしれない。

ところがその荒井さんの視線も、私の上を、すーっと素通りしてゆくらしいのである。

私は数に入らぬらしい。

しかし、お祭りの日は誘ってくれたので、四、五人で出かけた。美しい女の子が固まってさざめいて通るのは、人目を引くようであった。荒井さんも、わるい気はしないみたい。本殿で拝んで、あっちの店へ寄り、こっちの拝殿に寄り、していると、みんなとはぐれてしまった。やっと人波の中を、荒井さんに会った。

「岡田ミホ子さん知りまへんか」

「知りません」

「おかしいな、おかしいな。さっきまでおったのに。おかしいな」

荒井さんは汗しとどになっている。

「このえらい人ごみではぐれたら、どもならんなあ。えらいこっちゃな……」

荒井さんは舌打した。

そのさまは、私の思惑（おもわく）なんか考えてもいられぬという、せっぱつまった様子であった。

（さよか、ハハァ）

という気だった。荒井さんは、たぶん岡田ミホ子とデートする約束だったのだろう、でも一人だけ誘いにくいので、私たちまで一しょに誘い、あとうまいこと二人で一緒になる約束でもしていたのかもしれない。

荒井さんのようすをみるとそれはまぎれもないことに思われた。そうして荒井さんは私

の思惑など知ったこっちゃない、といわんばかりに、

「野口サン、あんたすんまへんが、そっちの方、さがしとくなはれ、もしいてはったら、鳥居で待ってる、いうとくれやっしゃ！」

といいすてて、汗をふきふき、また人ごみの中へもぐりこんでいった。

私はむろん、そこからすぐ帰った。

そのあと、どうなったかわからないが、荒井さんは、やっぱりミホ子にもさき子にも、親切であった。

そうして、私をつかまえて、今度は、

「野口サン、郡山さき子さんの誕生日、知りまへんか」

ときいたり、した。

「うーん。四月五日やったかしらん」

「たしかでっか」

「あとで調べときます」

「すんまへん、こっそり知らして下さい」

何かおくりものするのかもしれない。

それにしても、私もまた女の子である、ということを荒井さんは念頭にもおいていないらしい。何も、私にものをよこせというのではないが、やはり感慨無量なるものがある。

荒井さんというより、男というものは、醜女というのは人間ではなく、モノを考えたり何かを感じたり、することがないとでも思っているらしい。石コロか、木ぎれのようなものとでも思っているのかもしれない。

とにかく、そんなわけでウチの社内にもともと美人がいたのに、木原梢がくると、それらはさーっと色を失ってしまった。

郡山さき子も岡田ミホ子も、気に入らぬはずである。

私ひとりは、人目につかぬ醜女、ということで昔から来てるものだから、梢が来たってかわらないけど、さき子やミホ子には影響が大きいようである。

第一、荒井ガラス社長は、梢に気をひかれたらしく、梢ばかり意識している。さき子やミホ子にごまをすったのを忘れ、こんどは梢に目標をきめたらしい。

梢のうわさは、ほかのメーカーや小売屋さんにもきこえたらしくて、お客のひとりは、会社へはいってくるなり、ずーっと見わたし、

「桜井サン、あんたとこの自慢の美人いうのん、見せとくなはれな」

といった。

こんな奴、死んでしまえばよい。女の子がたくさん仕事している前でいうのだから、男というものは蕪雑な神経である。

「いま、おれへん。使いにやってる」

と課長はいい、こいつも死んでしまえ。

「あれ、美人かねえ。木原サンて」

と郡山さき子がいうのは、こんなわけだからである。

「十人なみ、いうとこやないの？　色の白いのはみとめるけどさ」

岡田ミホ子がいった。

「あれ、オシロイの白さとちがう？　かなり塗りたくってると思うわ」

さき子はいった。

「鼻が大きいように思うな、いやに。あれ整形してるのかもわかれへん」

とさき子。

「鼻柱にシンを入れると神経が死んで、涙出ても洟水出ても分らへんねんて。そいで、ズーと太い水が二本、出てくるねんて」

さき子は悪意の感じられる声でいう。

「そうかなあ。でもあの鼻の線は自然みたいやけどなあ」

私はあたまをかしげた。

「上手な整形かもしれへん」

さき子はにくにくしげにいい、どうでも木原梢を、整形美人に仕立てたいようであった。かつまた、美人のホマレ高い梢の鼻の穴からズーと太い水を二本、垂らしたいようであった。

しかし私の見るところ、梢は、顔の造作よりも、全体の雰囲気がみずみずしく、美人美人している。

まだ社会ずれしていないからかもしれない。

「そんなことあるもんですか。学生のころは喫茶店でずーっとアルバイトしてた、いうし」

さき子は、梢についていろいろ取材しているようである。

「おうちはええの？」

「中流の中でしょう。お父さんも、平サラリーマンやいうから」

でも、やっぱり、梢の身辺にあるのは、桃色の、

「もわもわーん」

とした、娘らしいモヤである。

男どもはその雰囲気に中（あ）てられて、

「べっぴんやなあ……」

とツバを飛ばしそうに力をこめていい、みとれるのかもしれない。それが、自（おの）ずからなる、色け、若さというものかもしれない。梢自身が、自分の美しさをよく知っていないらしいのも、むりはないかもしれない。

私はそんな考察をのべた。

「若さ、ねえ」

岡田ミホ子は狼狽したようであった。

「色け、ねえ……」

郡山さき子も不意を打たれて考えこんだ。

「男から見た色け、ということになると、これは、男でないとわからへんけど」

美女二人は、心もとなさそうにいった。

「あの、男に甘ったれてんのが色けかなあ」

「そうよ。しなだれたりして」

と美女二人は心から、にくにくしげにいっていた。

でも私はべつにそうは思えない。梢が男にしなだれかかるというよりは、男たちの方がちやほやしすぎるのだ。

梢は無能であるが、また、人のよいところもある。ママゴトみたいな仕事をあてがわれ、来客も少ないときだと、仕事がなくなって、私に聞きにくる。

有能なる私は、汗水たらして大車輪で働いてるのが、さすがのんびりした梢にもわかるのであろう。

「ねえ……何か仕事ありませんか」

とおっとりという。

かわいらしい顔である。

男たちが好ましく思うはずである。そうして、肌がとてもきれい。女でもみとれるぐらいである。

「さあねえ。木原サンにできる仕事はないわよ、郡山サンや岡田サンならともかく」

私は、この梢にはハッキリいった方がよいと知っている。いわないと通じない。

「木原サンは字もひとつやし、計算も危いしな」

「フフフ。ほんとにそう」

と梢はきまりわるそうに笑い、しんからそう思ってるようす。でもそれを恥じてるようではない。私ならいやしくもサラリーを貰っていて「計算が危い」なんていわれたら、恥じて切腹したくなる所だが、梢は笑っているのだ。そんなこと、どっちでもいいと思っているらしい。

こんな無能な人間、男ならすぐさま抛り出される所であるが、美女のありがたさには、受付へおいてヨソの人が来たときの看板、鑑賞用にしたり、社内の人間の目の保養にしているのだ。

たまに梢がセッセと働いてると、

「おやおや。一生けんめいになって汗水垂らして。真剣な顔して働いとるやないか」

と桜井課長はヨダレを流さんばかりにいい、真剣に働いてるのはこっちなのだが、私の方は目に入らないのである。

倉庫から荷物をとって来たりすることがある。女の子が二、三人借り出されていくと、男たちは争って、梢の持っている荷物を取り、

「重たいやろ、持ったげよう」

などといい、重たいのは、私も同じである。

しかし、私が持ったのでは、いっこう重そうにみえないのかもしれない。

机の配置替えがあって、私ひとりで書類をはこんでる。でも私が何べん、えっちらおっちらとはこんでも、男たちは気にならないみたい。それどころか、

「ここにもあるよ」

と、私が捧げている書類の上に、まだ上積みされる位のことだ。

しかし梢が運んでると、

「あ。いうたら持ってあげるのに」

と、あわただしく目の色変えて走ってくる。

「美人はこんなこと、せんでもよろし」

なんていい、やさしいんだなあ。

受け渡す拍子に書類がハラハラとこぼれ、やがてドサドサと床に落ち、それも梢がスローモーだからなのに、梢が舌ったらずの甘い声で「ごめんなさーい……」というと、

「かめへん、かめへん」

なんて、梢は失敗までかわいがられるのである。

もし私がそんなことをすると、

「オイオイ、よう気ィつけてくれよ。紛失したら承知せえへんぞ」

と恫喝されるぐらいが関の山。

そういうのを、ミホ子やさき子はキッキッと怒るが、なに、程度の差こそあれ、ミホ子たちもけっこう、男たちに、

「あ、僕持ったげよう。美人はそんなことせんでもよろし」

といわれているのだ。かつて言われたことがないのは、私だけである。

だから、男にも、梢にも、腹はたたない。

面白がってるだけ。いつか、大きな工場の社長が、ウチの会社へ来たことがあった。

この人は、業界のえらいさんである。

だからお供も多い。

ウチの社長も専務も腰を二重に折って出迎えた。

その社長は、エッセーを書いたり俳句をひねったりする、いうなら文化人ということで

あった。六十くらいの上品な紳士である。さすが人品骨柄いやしからぬ、知性あふれる紳士だと私は遠くからながめていた。紳士はにこやかに事務所を見渡し、ついで梢に視線をあて、（ホホウ！）という顔になり、男の好奇心をむき出しにした。

それは、ウチのがさつな男たちや、お天気屋の気むずかしい桜井課長が、梢をみたときに浮べる表情と同じであった。

（べっぴんやなあ！）

と、ツバのとびそうな強い発音をするときの表情である。

よって私は、別嬪を発見したときの男の感動と興奮と喜悦、憧憬、好意は、教養の有無、人格の高低に限らないと思うようになった。

倉庫の爺さんから、文化人にいたるまで、男は、梢に注意を払ってゆくのである。梢と並んであるくとか、電車へ乗ったりしてってもそれはわかる。

小学生の男の子まで梢を注視する。

酔っぱらいは正体も忘れて見とれ、謹厳そうな教師風の男も、警官も車掌も運転手も、みな、梢をみると好意をもつのであった。

窓口で同じことを聞いても梢には、男は懇切ていねいに教えた。

私には、つっけんどんに、木で鼻くくったように答える。

何もひがんでいうのではないが、私は会社の料金別納郵便を郵便局へ持ってゆくと別納

のスタンプを一人ぽんぽんと押すのであるが（これは当り前のことだ）梢がゆくと、

「やりまほか」

といって局員が手伝うそうである。

べつに社外の例をひかなくても、会社の中でさえ、梢が商品に値札を貼ったりしていると、男たちがいつのまにか寄ってきて手伝う。

ちょうど砂糖に蟻がたかるようなものであろう。

彼女がお茶を淹れると男たちは、

「どうもどうも」

と恐縮し、私が汲むと、

「ぬるいやないか」

とか、

「うすいぞ」

とかいって咎める。

「木原サンのときは何もいわなくて、あたしが淹れると文句いうのね」

と私はいってみた。

「それはしかたありませんよ。美人が汲むと、うまく思えるからなあ」

とぬけぬけいう奴、

「いや、マメちゃんには遠慮ないから、つい思た通り、心安だてにいうてしまう。やっぱり美人でない方が気どりが無うて好きや」

とぬかす奴、いろいろである。私は怒っているのでなく、興味しんしんで、おもしろかった。

こんな男たちの好意に迎えられたら、美女は甘く、野放図な人間になるのはあたり前じゃないかしら、って。世の中の男という男が親切にやさしくしてくれるとすると、たまたま素直にうまれついた女は、人間ってみなこんなものだと、おっとりしてしまう、ちょうど木原梢のおっとりぶりは、それなのであろうと解釈したりした。

梢は気立てがもともと悪い人ではないので、男たちにモテると思って、それを鼻にかけたりしていない。男たちにモテるのに慣れて傲慢になってるのでもない。モテるからそれを利用して何とか一発、金をもうけてやれ、というものでもなさそう。

美人の自覚が足らない。

私があのくらい美人なら、もっとうまくたちまわって、何とか恰好つけてやるのであるがなあ。稀代の淫婦になってもいい所である。

梢は、美人のくせに、その活用方法を知らない。

私はあたまがよくてやる気充分だが、美人でない。

天・二物を与えずとは、ほんとにあることである。

私は、じーっと手鏡をみてみる。目は二つの黒豆のようだし、鼻は金時豆のよう、口はアズキといった感じで、白い丸餅にそれぞれ、ぎゅっと押しこんだよう。どこもかしこもチマチマして、歩けば我ながら、お盆の上を豆粒がいそがしく転がったよう。

マメちゃん、という、私のアダナはいみじくもつけられたものである。ちょうど五月の節句の、金時人形を女にしたような感じである。りりしいような、色けのない顔で、しかも金時サンは愛嬌があるが、あれから愛嬌を抜いて老成させたような、いうなら、

「ヒネ金」

という、金時のヒネたような感じである。

しかもこのヒネ金は、有能であればあるほど引込んでみせてる。あんまり出しゃばらない、目立たないようにしようとしている。私がいないと、こまることがあるはずである。もし私が休んだら、会社はこまると思う。

それを誰も知らないのだ。

岡田ミホ子や郡山さき子は、仕事も優秀だし美人だし、というのでめだちたがっているが、目立ったら、ミスも目立つのである。また、欠勤でもすると目立つのである。

更に、彼女らより若くて美しい子がくると今までの美人とくらべられて、目立つのである。

私はそういう、栄枯盛衰のそとに身をおいてるから、岡目八目でわりによく、モノのわ

かるところがある。さき子たちのいうほど、梢がわるい女とも思えない。

それからして私は考えるのであるが、美人美男というのは損なものだ。自分の美しさはみえないで、自分の見るのは見苦しい者ばかりである。

美男美女を見てたのしむのは、われら、他者なのである。

美人がわが美しさを確認してたのしむとすれば、相手の目に浮ぶ讃嘆の色を発見することしかない。それを鏡にして、自分で自分の美しさをたのしむのである。美人が鏡に向って、うっとりとわれながら見とれている、あれを嗤ってやっては可哀そうである。ともあれ、美人にむらがる男たちのあれこれをたのしむのは、たいそう面白い。

私はそこまで人間が練れてきた。

これも醜女のせいだ。

さき子たちのように、なまじ美人であると、現実認識の目も曇ろうというものだ。そうしてさき子たちは、男に甘いところがある。ちやほやされるのにいい気になり、男に期待するところがある。

しかし、会社の隠者、私ごときになると、男に期待するなどという、大甘なところはこれっぽちもなくなってしまう。私とて期待したいのであるが、同じことをたのんでも、

「ナニ？　ああ、ああ」

と私なら、ぶっきらぼうにめんどくさそうにあしらわれるところ、梢が相手であると、

「ハイ、ハイ、わかりました」

と、響きに応ずるごとく返事が帰って来、返事よりはやく、依頼が果される、こういうのをまざまざと目のあたりにして、私は、はかない男への期待は、すっぱり捨ててしまった。

さき子のように、梢にハラをたてたり、男を怒ったりするのは幼稚である。美女をうまいこと利用したほうがいい。

女は、舞台で主役になろうとすると、いろいろ差し障りがある。誰にでもできるというものではないのだ。私は脇役のつれて出る、そのまた脇役でいいのだ。

しかし、いかに下っぱの脇役でも、舞台に出る方で、見物人ではないから、袖から舞台を見ている。何でもようくわかるわけである。

私は梢と仲よくなった。というより梢は、あんまり女の子の仲間にきもちよく受け入れてもらえないので、どうしてもおひるごはんや、退勤のとき、私と一しょにしたがるのである。

私はとなりのビルに屋上庭園ができたのでいっぺん見たいと思っていたが、ガードマンの人がいつもいるのではいれない。私が頼んでも、

(うさんくさい奴だ)

と思われるのが関の山である。

（新築のビルに爆弾でもしかけにきたか？）

と疑われるにきまってる。私が笑ってるとよけい疑われ、まじめにいうとよけいに怪しまれるであろう。

それはなぜか。私の顔がヒネ金でマジメすぎ、想像力をあおるたのしさがないからかもしれない。

「となりのビルの屋上庭園にいってみない？」

と私は梢にいった。

「叱られるでしょう」

「あんた頼めば大丈夫よ」

「そうかな。なんていうの」

「前からいっぺん来たかった、といえば」

「みせてくれるやろか」

連れ立ってビルの十階へいってみると、物々しい綱が真鍮の手すりの間に張ってあり、ガードマンが守っていた。五十八、九の、とっつきのわるそうな、不愛想な男である。彼は私たち二人をじっと見た。十階でエレベーターを下りたのは私たちだけである。

梢はその男に、

「こんにちは」

とお辞儀した。そうして近寄ってゆき、何かしゃべっていたが、そのあいだ、男はだんだん柔い顔色になり、よくしゃべり出した。

「チヨダビルの人か、あんたら。ほんまはここへヨソの人入れられへんねんけどな。このビルの人かて、入れへんねん。そやから、ちょっとだけやで。いつも来て、ここで昼寝されたらかなわんな、今日だけやで」

「ありがとう」

彼はキイを出して来てガラス戸をあけ、自分で案内した。大きな樹木や、灌木がすっかり根付き、林のように空を奄（おお）っていて、木の匂いはとてもよかった。

「小鳥がいる」

と私たちは感動した。大阪の空は汚れているし、木が少ないので、鳩しかいないと思っていたけど、木があると小鳥がやってくるのか。

「スズメやが」

と守衛さんはいい、梢は、

「ここで、夏、ハワイアンをきいて生ビール飲んだら、いいでしょうね」

と私にともなく、男にともなくいった。

「そやそや……雀を焼き鳥にしてな」

と男は上機嫌でいった。

結局、ひるやすみの間中、さやさやと葉ずれの音をききながら、そこで遊んでいた。

「ワシのおるときやったらええけど。また、みせたるけど」

と男は、梢の顔ばかり見ながらいった。職場へ戻りながら私は、

「あんたひとりでいったら、ほんまに焼き鳥たべさせてビールのましてくれるかも分らへん。親切やったなあ、あのおっさん」

と笑った。

「そうかしらん」

「木原サンにかかったら、どんな気むずかしい人でもニコニコして何でもOKや」

「そうかなあ。でもあそこ、空に近うて、木の匂いがして、どこからも見られる心配ないし、アベックでいったらええやろうなあ」

「アベックでは、あのおっさんも貸してくれませんよ」

「マメちゃんとアベックやったやないの」

「あたしなら、ええねん」

あのおっさんは、たぶん、

（べっぴんやなあ！）

と梢の顔をみて、心の中でツバをとばして嘆声をあげたにちがいない。

そうしてうしろを見て、伴れが男だとしたらなんで許そうか、別嬪への好意は、裏切ら

れたにくしみで三倍ぐらいになって、

（あかんあかん！　ここは立入禁止や）

と叫ぶであろう。

しかし、うしろに従っているのは、目にはいらないくらいの、小粒の、色のあさぐろいマメのような女の子だ。顔の造作はくしゃくしゃして、男の子のようでヒネた金時だからこれは一ぺん見ても空気かカスミのよう、それ所か、梢がニッコリするとき、私もニッコリすると、梢と同じように心がけのいい女の子にみてもらえるらしい。

「木原サンと一しょにいると、いろいろ便利でええわ、美人はトクね」

「そうかな、あたしようわからへん。けど、マメちゃんみたいにしっかりしてたらええなあ、思うときあるなあ、あたし頭ようないもの」

「二人合せたら一人前か——大クラウス、小クラウスみたいやね」

「何？　それ」

「こっちの話だよ」

梢は、ほんとうに私をたよりにしてるみたい。

このあいだ、荒井ガラスさんが、

「木原サンの誕生日、いつですか」

と私にきいた。

よく人の誕生日をきく男だ。知りませんよといいたい所であるが、まあ答えておいた。そうして梢に耳うちした。

「荒井ガラスさんがあんたに何かプレゼントすると思うわ、お誕生日きいてたよ」

「お誕生日はもうすぎたわよ」

「そしたら何か、理屈つけてくれるんやないかなあ」

「荒井ガラスさんて、岡田サンにも郡山サンにもねらいをつけてるんやて、ねえ」

「美貌好みなのよ」

「あたし、あのおっさんに物もらいとうない」

「ことわれば」

「しつこいからなあ」

荒井ガラスの社長なら、そうもありそうであった。しかし私には、しつこい奴もしつこくない奴も、一人としてプレゼントなんかくれたためしがないのだ。

くれるとすれば、地方商店からの文句の手紙とか、引合、照会の手紙である。

「じゃ、こうすれば？　あまりしつこくいうたら、一人では噂になるから、店の子みんなに下さい、といいなさいよ」

「ハハハハ。そういおう」

梢がどういったのか、今日、荒井ガラスさんが帰ったあと、私は小さな箱に入った七宝のブローチをもらった。

「店の子みんなにあげるのは恥ずかしいから、木原サンの親友とおそろいのをあげます。だからうけとって下さい、と荒井ガラスは泣いておがんでたよ」

と梢はいった。私は、ちょうど春らしいブローチがほしい所だったので、うれしかった。

岡田ミホ子が突如、結婚した。

相手は荒井ガラスではない。

「荒井ガラスさん？　やめてよ、そんな……あたし再婚者きらい」

ミホ子は意気たかく、鼻息あらい。

旅先で知り合った、三歳年下の青年だそうである。

「彼、給料が安いので、当分、共かせぎさせてもらうわよ」

岡田ミホ子は挙式と新婚旅行で一週間ばかり休んだが、会社へ出てくると、もと通りに働いた。ミホ子は仕事のできる人だし、会社としても辞められたら次のあとがまを養成するまでたいへんだったろう。だから元通りにつとめてほしい、と上司もいったそうである。

ミホ子もそれくらい自分が必要とされてると思ってたらしいが、しかし何となく昔と違う。

みんなの気分がちがう。

男の子、ならびに桜井課長の反応がてのひらを返したような感じである。同じ仕事をしている郡山さき子の方にばかり男の子は連絡をもちこみ、ミホ子は敬遠されるようになった。

私から見ていると、ミホ子は朝もおそくなり、夕方も早く切りあげて帰りたがる。毎月一回の打合せ会を中途で切りあげて帰ってしまう。新製品の展示会の手伝いをすっぽかす。

あきらかに、ミホ子の人生の関心は、会社でない、べつのところにできたのだ。

そういうことは、男に対する反応にも出てくるものである。

「すこし腰がひらべったくなったのとちがいますか」

と男の子の一人がミホ子をからかうと、以前なら、

「キャー、エッチ」

とふざけてミホ子は逃げまわり、課長に、わざといいつけにいったりして、すると課長が、

「どこどこ。触ったらようわかるんですが」

などといい、店じゅう笑いにつつまれてしまう。何しろ、銀行や一流会社という上品なところではなく、商売人の店なので、そういう猥雑（わいざつ）なやりとりも活気の一つだった。みんなでそんな冗談をいって、

「いってきます」

と男たちは勇んで商売に出かけるのであった。

それは、私は、ミホ子の美しさに対する敬意のようなものだったと思ってる。(だって私には、腰が平たくなろうが、丸くなろうが関心を払うものもなく、からかうものもない)

それが、生活の華やぎというものである。

以前はそんな風に楽しくミホ子は受け流していたのに、いまは、男の子にからかわれてもはずかしがらず、

「ふふん」

と笑うだけ。ムキになって怒らない。

それどころか、

「どうして結婚したら腰がひらべったくなるんですか、聞かせてもらおうやないの、え」

なんておちつき払っていい、何となくおさまりかえってしまった。結婚というのはそういうことなのかもしれない。

男の子は、そこでミホ子を遠まきにしてしまったのである。

結婚して人のモノになったりすると、男の方は急に興味を失うということかもしれない。

荒井ガラスさんはいうまでもなく、ミホ子の方は見向きもしなくなったから、現金なものである。

ミホ子が、よく休むようになったので、デパートの帳簿をしらべにゆく仕事は、私の役

目になった。デパートの支払いというのは、およそこちらの請求書と合ったことがないのだ。値引（勝手にやってる）返品（これも同じ）特価品の八掛が七掛になったり、じつにえて勝手な帳簿によって支払いするので、たえずつき合せておかなければ、収拾がつかなくなってしまう。

　ところが、たびたびいくと経理課がいい顔をしない。

　私は、仕事をおぼえておいてほしいから、という名目で桜井課長にことわって、梢をつれ出した。

　梢に、こちらの帳簿をもたせ、

「おねがいします」

　とはいってゆくと、経理課の男の人は、いつもみたいに、

「また合わないんですか」

　と仏頂面（ぶっちょうづら）をみせなかった。梢の顔に視線をあてたまま、荒井ガラスさんみたいに（ヌハハハ……）というような笑いを洩らし、

「どうぞ。どうぞ、ゆっくり調べて下さい」

　と、かたわらの小さいテーブルに帳簿をおいてくれた。私のときとはえらいちがいである。

　そうして、実際にしらべるのは私である。持っていった小さいソロバンで、仕事をする。

メモにかきとめてゆく。帰って営業の男の子に値引をただし、返品の数を倉庫の人に聞き合せなければいけない。デパートというと、ニコニコ愛想よいように世間は思いがちであるが、裏側のドア一枚で、くらりとかわるのである。裏側のドアをあけると、そこはデパートから利を得ようという人々の世界なので、ニコニコ顔の揉み手はどこへやら、一転して高圧的な空気になる。私はいつもデパートへ集金や帳簿合せにくるたび、消費者からみたデパートのイメージとの落差にびっくりする。

帳簿合せのあいだ、私は、梢を、経理の青年としゃべらせておいた。青年はいまは夢中で、梢としゃべっていいご機嫌だった。私が見せて下さいという返品伝票も、いつもなら「どこにいったかわからん」というくせに、腰がるく立ってとってきてくれる。

帳簿合せがすんで、梢と二人で、ウチの商品をおいてるガラス食器売場へいってみた。

「あっ。……木原さん」

売場の青年が、大よろこびした。彼はデパートで数少ない男子店員である。

「久しぶりやね、ここへ来るなんて」

梢は、いっときデパート係だったから、ここにいる人々と顔なじみなので、あちこちへ挨拶している。

小さな子供用コップがずらりと並んでいる。パンダを描いたのや、花柄を描いたのや。

「岡田ミホ子さんも、いまにこれ、買うようになるのかなあ。やっぱり赤ちゃん作りたいんでしょうね」

梢はあどけなくいう。私は、ミホ子に赤ちゃんができたら、ますます男たちの関心はそれてゆくだろうなあ、と思っていた。私は、美女を見て顔の相がかわってゆく男に興味があるので、ミホ子なんかは早く辞めてしまえばいい、と思っている。結婚しただけで男たちが興味を失った、というのは、ミホ子の体から出ていた目にみえぬエーテルが、はや消え失せたということであろう。そんな、毒にも薬にもならぬ、カスみたいな存在は、居ても面白くないから、早く辞めてくれればよいのだ。

「お茶、飲みませんか」

とさっきの売場の男の子が誘いに来たが、

「仕事中なので」

と梢がことわって、私たちは地下鉄で会社へ帰った。

ガラス売場の青年は梢に、手紙を出したり電話をかけたりして、よく誘うのだそうである。

「うるさいのがたくさんいるよ。——槌田サン、広瀬サン」

と梢は、店の男の子の名前を指を折ってかぞえ出した。手紙もくるし、駅で待ってたりするという。でも梢は、そんなものに心を動かされるふうでもなく、笑っていた。私なら手紙一通でもきたら、うれしくてお膳の上にのせてオカズにしてご飯をたべるかもしれない。

それにしても、私なんかの知らない裏の方で、セッセと男たちが梢の気をひこうとしているらしいのは面白かった。

梢が二、三日、風邪ひきで休んでいる。

桜井課長の機嫌がとたんにわるくなった。

「なんでこんな値引きしてん」

と販売日報をつきつけて男の子に雷をおとしている。問屋は一円二円の口銭が命取りである。

「こういう経費はみとめられん！」

と課長は叫び、出金伝票は、判コをおされずにつっかえされる。

梢がいないせいか、部屋の中は殺伐（さつばつ）たる雰囲気である。

雑用が、みんな私の肩にかかってきた。

男たちはぽんぽんと仕事を抛り投げてくる。

もはや、独身美人は郡山さき子一人であるが、さき子だけでは保たないらしいのである。

お昼休み、男たちが部屋の隅でしゃべっているのを耳に挟んでしまった。

「やっぱりこう、梢チャンみたいな尻の、ぽっちゃりしたんが、処女とちゃいますか。ケツみたらわかる、と週刊誌に書いたァりました」

「しかし、何で結婚したら、腰、平べっとうなりよんねやろ」

「圧されるからちゃうかなあ」

「イカせんべいやあるまいし」

「気のせいとちゃいまっか、気のせい」

「郡山さんもこの頃、バアサンじみてきたなあ」

「ケツがだれてきた。ずりおちたら、目ェもあてられへん。やっぱりこう、ぴしっと高めに、肉ふっくらついてて」

「ほんならやっぱり、梢チャン」

「あれはタテからみてもヨコからみても処女やなあ」

「おっとりしてるのがよろし」

「梢チャン居らな、働く気ィせえへん」

「わが社の聖母マリアみたいなもんでんな」

勝手なこと、いってる。私の噂はこれっぽっちも出ないのである。しかし私としては、何も噂されず、人の気にもつかぬ片すみで、人のうわさを耳に入れ、ひそかに男たちが美女にあってとろける表情をじっくり観察し、

（おもしれえなあ）

とつくづく思うのが趣味である。

桜井課長が私にいった。

「どないしてるのんか、見にいったってくれへんか。梢チャン、よっぽど具合わるいようなら、ワシも見舞いにいくさかい」

課長も、お気に入りがそばにいなくて淋しくてたまらなくなったようである。

ちょっと早めに会社を退かせてもらって、梢の家へいってみた。阿倍野の文化住宅の一ばん端っこに、梢の家はあった。かなり古いたてものである。

梢はガウンを着て出て来た。私を見て、さすがにちょっとびっくりして嬉しそうで、今度出て来たときはふだん着に着更えていた。

「ぜんざいでも食べにいけへん？」

「もう、ええの？　風邪」

「うん。あたし風邪やないのよ、おろしたのよ」

私はびっくりした。おもしれえなあ！

「相手は、デパートの売場の子？」

「ちがうよ、三年前からの子がいるのよ、高校の同級生やねんけど」

梢はおっとりしていて、悪びれない。

「でも内緒にしといてね」

「もちろんよ。会社、来るでしょ」

「いくわよ。あの会社の男の子、みな、とっぽいから好きよ。大事にしたげなくては」

私たちは、「とっぽい」会社の男の子たちに、ぜんざいで乾盃した。


（講談社文庫『日毎の美女』に収録）

こたつのUFO

綿矢りさ

綿矢りさ（わたや　りさ）

1984年京都府生まれ。早稲田大学教育学部卒業。2001年『インストール』で文藝賞を受賞しデビュー。04年『蹴りたい背中』で芥川賞を受賞。12年『かわいそうだね?』で大江健三郎賞を受賞。同年、京都市芸術新人賞を受賞。20年『生のみ生のままで』で島清恋愛文学賞を受賞。『勝手にふるえてろ』『嫌いなら呼ぶなよ』など著書多数。

　三十歳になったばかりの私が、三十歳になったばかりの女性の話を書けば、間違いなく経験談だと思われると、これまでの経験から分かっている。太宰治の、早くに小説家デビューした女の子が最終的になにも書けなくなり、「炬燵は人間の眠り箱だ」という愚にもつかない話を書いた、という短編が好きなので、それになぞらえて炬燵モノを書いてみたのだけど、多分そういうのって言い訳に聞こえるだろう。

　小説について訊かれるとき、まるで本の中の主人公にしているみたいな質問が続くと、自分でも混乱してくる。

「あくまでフィクションですから、主人公と同一視しないでください。創作上の話で、私は主人公と似通った境遇も思考も一切ありません」

　きっぱり言い切ると、どこか自分があわてて逃げたような罪悪感が残る。他人に脳みそを丸ごと乗っ取られたような状態で書いているわけでもないのに、まるで責任逃れしているみたい。かと言って、

「ええ、ほとんど自分の経験談です。そん時悩んでいた人間関係について、そのまま書い

たら、本になっちゃいましたよアハハ」

　も、かなり違う。どちらの答えを選んでも詐偽になる。

　正確に答えるためには、書いた文章を一行一行精査して、この風景描写は見たこともない完全な想像だけど、この人が住んでいる設定の家は過去に私自身が住んでいた家と間取りが同じで、主人公はぶどうが好きってことになってるけど、私自身はそれほど好きではなく、でも主人公の食べているこのぶどうパフェは私も食べたことがあります、とやっていくしかない。綿密かもしれないが、手間がかかりすぎる。折衷案として、

「現実に体験したことも含まれてますが、大体は想像ですよ」

が正しく思える。しかし、こう答えるとどこが現実でどこが想像なのかの判断を、読者の方に任せることになる。それは読書においては楽しみの一つで、

「この作者、どの作品でもやたら高速で車をブッ飛ばすシーンを書いてるけど、やっぱり本人もスピード狂なのかな」

　とか、

「この作者の男にフラれる場面、やたら情感たっぷりだけど、さては過去に同じやり方でフラれてるな」

　などと読みながら考えるのは、私自身好きだ。

　小説を読んでもらえるなら、私自身がどんな人間だと思われてもしょうがない。ただ一

つ切ないのが、自分にとって非常に身近な人たちが、私の書いた本を参考にして、私の性格や過去を分析するときだ。目の前の現実の私より、書いてきた小説を「正直に心情を吐露した告白小説」として信用されると、仕事に喰われるような恐怖を感じる。私が笑顔で何を言っても「そんなこと言っても本心は……」と小説の主人公の性格の悪さを参考にされるのは、正しいのか正しくないのか分からないが、ある意味仕事する目的を失いそうになるくらいむなしいできごとだ。露悪的な小説を書いてきた分、代償が大きい。

しかし身近に何かを作り出す人間がいたら、その産物こそが正直にその人の人間性を表している、と私は思わないでいられるだろうか？　いつも美しい白磁の壺を作っている陶芸家が、ある日突然ヘビを模した取っ手のついた、悪趣味な極彩色の縄文土器のような物を作り出したら、

「なにか悩みごとでもあるの？　もしくは古代文明にハマってるの？」

と思わずにいられるだろうか？

きっと難しい。しかも相手が身近であればあるほど、難しい。この陶芸家が自分の兄で、表向きには元気そうでも前述のような物を作り始めたら、「なにか悩んでいるのではないか？」と心配になるだろうし、先日一緒に見たテレビのなかに、縄文時代特集があったら、あの番組に影響されたんだと確信するだろう。誕生日を迎えたばかりの作者が、だれにも誕生日を祝ってもらえないさびしい女を書いたら、読者の方は「一人きりの誕生日をじっ

さいに過ごして、不平たらたらなんだ」と思うし、祝ってくれた身近な人は「祝ったにもかかわらず、結局本人は楽しんでなかったんだ」とがっかりする。唯一の解決策としては、「緑の蛙グリロッグの、ハラハラドキドキ蓮の池大冒険！」を書けば、堂々と想像力百パーセントの世界ですと言い切れるが、残念ながら私はファンタジーの想像力が乏しいし、物語を作れるほどグリロッグに興味を持つのも難しい。

きっとこの悩みこそが、個人の脳内世界を勝手気ままに撒き散らかしてきた、いままでの所業の副作用なのだろう。自業自得、だれにも文句は言えないから、ひっそりと頭を抱える。現実と架空の癒着がひどくなり、虚と実がうまく分類できないほど混ざり合い、思考を蝕んでゆく。

しかしその結果、逆説的に、書き始めてすぐの小説だけが、新鮮なレバーのように珍味で生命の嚙みごたえが残る〝真実〟として、今ページを埋めようとしている。見苦しい言い訳は消え去り、〝おはなし〟だけが残る。

困難ってさ、努力して乗り越えられるほど甘いものじゃないときの方が多いよね。困難が可視化したり数値化できたら、目の前にそびえる険しい山を見上げて「あ、こんなんじゃ無理だわ」ってすぐあきらめがつくのに、見えないから、無謀でもつい挑戦しちゃう。どれだけがんばっても自分ひとりで月に行くのは無理なのに「月面着陸を達成できた人もいるんだから、私もできるはず」って奮起して、結果できなくて、やっぱり私ってダメなんだと自己評価を落とすだけで終わってしまう。

逆もある。歩いて隣町へ行くくらいの努力で済むのに「とうてい私にはできない」と尻込みしてみすみすチャンスを逃すパターン。もしできなかったときのリスクを考えて挑戦しないとか、きっと天から神様が見てたら「もったいない。この程度の困難なら、この子ならお茶の子さいさいで乗り越えられるのに」ってこと結構いっぱいあるんだろうなあ。

だからはっきり数字で難易度が出るものって逆にありがたい。受験とか、大学の偏差値や自分の点数を知ることのできない制度だったら、何人もの受験生が自分の学力に見合った大学を選べずに、散っていったと思う。病院もいい。血圧が高いとか癌のステージいくつとか、ちょっと改めれば良くなるかもしれないとか、この段階にきたら覚悟を決めなければとか、けっこう如実に出るもんね。これももしまったく分からなかったら自分は全然平気だと無理してしまい、寿命を縮める人が増えたかも。

いまよりデータが少なかったずいぶん昔にこの地球に生きていた人々は、きっと苦労しただろうね。よく出る話だけど初めにフグ食べてみた人とか多分死んだだろうし。初めにウニ食べた人もあの黒イガイガにも負けずすごい勇気。意外と食べられたもの、もう全然無理なもの、実際に口に運ぶまで結果は分からない。無理だと思っても、いや努力すればイケるかもと思って、木の皮をやわらかく煮たり、ささがきにして干したり、ちょっと腐らせてふにゃふにゃにした人もいただろう、でもどれだけがんばっても木をおいしく食べる技術は発達しなかった。

人の気持ちも難しい。付き合いたい女がいたとしても、その子がまんざらでもない様子でくねくねしながら、えーどうしよう、ごめんね、やっぱり無理かも〜。なんか自信ないし〜。えーでも分かんない。などと言っておれば、もしかしたら押したらいけるのでは？もう少しがんばれば光が見えてくるはず！って勢いこんでも、実はその女の心のなかじゃはっきり無理、どう考えても裏返すことのできない真っ黒なNO、ということもあり得る。

賭け事はその〝もしかしたら〟感を巧妙に使っていてたちが悪い。もう少し運があれば、天が味方してくれれば当たったたんじゃないか？うわーすぐ隣の人が大穴当ててる。おれもがんばらなくちゃ。いけそうでいけないから躍起になってボタンを押し続ける。人生への訳分からなさ、期待と不安を最大限に利用しているようでとてもグロテスクだから、賭け事は好きではないな、私は。

そこで言うと、年齢というのは分かりやすい。今日三十歳になった。どんなに若作りしても、逆にめちゃくちゃくたびれても、きっちり三十年生きた事実は変わりない。

こんな昼にまだパジャマのままで、寒いからって閉めたままの窓を覗き、薄曇りの空と電線に止まるすずめを見ている人間は、どれくらいいるんだろう。このアパートにももう一人、町内には合わせて十人くらいはいるのかな。影の存在だから目立たなくて分かりづらいんだよね、同族とは横のつながりもないし。おじいさんおばあさんならいそうだな。そうだ、私は生活だけみれば独居老人なんだ。身体が元気な分まだましか。でもどうしてこんなに、社会の群れからはぐれちゃうんだろう。

人と話すのが嫌いとか、引きこもりになって何年とかではなく、私はごくごく普通に人と接するのは好きだ。バイト先でも同じシフトの子と仲良くなり昼ご飯もいっしょに食べてたし、年末に開かれた忘年会にも出席した。でも辞めたあとも会うほど仲良くなれた人は一人もいなかった。元彼もそう。本気で愛すし世話も焼くし、束縛されたりしたり結構いろいろ激しいけど、ある日ふっと両方ともがさめちゃって、んじゃ。と家を出たとたん一度も連絡を取り合わなくなる。性格がドライなのかな、実はみんなから嫌われているのかな、など原因については色々考えたけど、結局は〝運命(さだめ)〟としか言いようがない。

人間たちにコミットしようと扉を叩く、彼らは出迎えてくれる、そのなかで一定の期間を過ごす、そして、んじゃ。と外に出るともう二度と元の場所には帰れない。きっと外に出るから悪いんだよね。居心地が悪くなっても空気が薄くても、彼らに囲まれて過ごしたいのなら、自分の椅子をしっかり守り、我慢強く居続けなければいけない。私からすればタバコ休憩くらいの軽い気持ちで出て行き、携帯などの通信手段もあるわけだし、その場にいなくてもつながってられるかぁくらいの気持ちでいるけど、甘いのかもしれない。

みんな、こんなぷっつり切れちゃうものかな。家はあるけどまるでノラだよ、ノラ女だよ。街で見かける人はみんな他人さ。

でも悲愴感はない。それは自分でも気に入ってる。孤独だ、ぼっちだ、社会不適合者だ、死のう。なんて思いつめたこと、一度もない。身体が健康で、大好きなB級グルメを食べられるほどにはお金があるのがうれしい。ゆっくり寝られるのも。男と寝るのもあったかくて気持ち良いけど、一人でベッドを広々と占有できる睡眠も、また格別のものだ。

全生涯で炬燵が私から奪った時間を換算したら、きっと世界一周できるはずだとくやしく思いながらも、まだ肩まで炬燵布団をかぶったまま動けないでいる。部屋に閉じこもり続けるのが引きこもりなら、炬燵から出られないのはもう一つスケールの狭くなった、救いようのない、こたつむり。陽が出ているうちに早く、家を出なければ、決心がにぶる。外、真冬で寒いもんなぁ。しかし私は今日かならず図書館に行くのだ。三十歳の誕生日、世界一周は断念しても仕方ないが、町内にある図書館にまで行けなかったら、自己嫌悪で堂々巡りの思考の地獄が続く。

うめき声を上げながら炬燵からずるりと這い出て、着ていたパジャマ兼部屋着のスウェットを脱ぎ、デニムと水玉模様のからし色のトレーナーに着替える。前髪のピン留めをはずし鏡を覗きこむと、眉毛が途切れた顔は、目が小さくて、微笑みが一ミリも浮かんでなくて、男みたい。

バイトしていたときは勤務日は化粧して服も外出着に着替えていたから、多少変化はあったけど、いまでは基本この格好のまま、体臭がしみついたら洗濯して他の似たようなのに着替えるだけの日々が続いている。季節感さえ、あまり無い。いいや、もう眼鏡のまま行こう。コンタクトつけるのめんどくさいし。眼鏡のまま自転車に乗ると、酔うんだがなぁ。もう、今日は歩いて行こう。ちゃっちゃと髪をとかし、ピンの癖がついたままの前髪を乾燥ぎみの額に斜めに垂らし、こげ茶のニット帽をかぶる。

マスクをして、手首まで覆う手袋をつけて準備万端、借りた本を入れるトートバッグを持っていざ出陣。玄関の電気を消すとき、1DKの部屋をふり返って、物悲しい思いが胸に去来する。私はここで、生きてるんだなぁ。身勝手に、自由に、毎日似たような日々を送り、せせこましく。私が死んだらこの部屋もなくなるだろう。そしたら私の痕跡は遺品くらいしか残らないけど、やがてそれも捨てられる。

「悲惨だなあ。わびしいなあ」

呟いてみるが、別にそこまでじゃないなと判定して鍵を閉めて外へ出て行く。今日はなにを借りよう。予約してた新刊が届いたと昨日連絡がきたから、楽しみだな。

図書館員から受け取った新刊を小脇に抱えて、借りられる限度の冊数は五冊だから、あと四冊借りられるのに、どうしても選べない。一冊のためにまた二週間後、寒風吹きすさぶなか返しに行くのはめんどくさくなるって分かってるから、意地でも借りた方がいいのに。

歩きながら、書棚に並ぶ本の背表紙を、なだらかに順々に触れてゆく。黄ばんだ古い本たちは、時間の経った蝶(ちょう)の標本みたいに、触ると指先に枯れきった鱗粉(りんぷん)がくっつきそうだ。人間、風雪にさらされた壁が少しずつ朽ちていくように、年々弱るのだとしたら、どうやってリフォームしてけばいいのだろう？　整形なんてうわべだけだし、どれほど健康に気を付けても朽ちるスピードに抵抗してるだけで時間は誰にも平等に流れる。

あと心のリフォームも、目に見えないから放っておきがちなだけで、ほんとは経年と共に身体以上にやばくなっているのではないか？　うつ病は心が疲れきっているサインなんていうけど、うつ病までいかなくても生きてきたなかで色々悲しいことや自分の罪、他人や近しい人の罪を通して、無垢(むく)だった心が段々汚れていき、いまでは、良心？　義務？　は、なんのこっちゃですわ、と開き直るような哀(かな)しい事態になっていないか。妙に狡猾(こうかつ)になったのを経験豊富と呼んでごまかしていないか。

カラー写真の入った図鑑を抱えた、小学校低学年くらいの女子が、なにが楽しいのか満面の笑みで横を走り過ぎる。私もあのくらいの年のころから図書館に夢中で、放課後行けるときには必ず学校の図書室か市の図書館に行ったものだが、痴漢が多くて困った。すれ違いざまに胸を触ってくる奴(やつ)や、本棚の下の方にある本を取るふりをしてしゃがみ、スカートのなかを覗こうとする奴。いまなら館内中に響き渡る大声を出して、痴漢男の腕を引っ張って受付へ連れて行くのに、十九歳を過ぎてからあの人たちの攻撃はすっかり止んだ。絶対勝てる子どもにしか犯罪を犯さない彼らには守りたいものがいっぱいあったのだろう、泣き叫んでやればよかった。

そうだよ、図書館にこそ防犯カメラが必要。そういえば私二十代半ばのころ、将来図書館の防犯に尽力できる人間になりたいと本気で夢見てたっけ。わりとまともな、大切な夢の気がする。すっかり忘れてたけど。

結局、新刊と最新の児童書だけ借りて図書館を出た。自分の幼少時代を思い出しているうちに最近の子どもはどんな本を読んでいるのだろう、パソコンや携帯が普通に出てくる本なのかな？　恋愛とかも進んでいたり？　と気になり始めたからだ。

外は本気で殺しにきてるなと感じさせる寒さで、マスクと眼鏡で防護したつもりの顔に、とがった風が忍者のまきびしみたいに突き刺さる。図書館にいる間に雪が降ったのか、景色全体が白っぽくなっているが、最近よく降るので、めずらしくもなんともなく、はしゃげない。街の景色はさびしく、人も歩いてなければ車さえも時々しか通らない。街路樹け葉どころか枝さえ刈られて、精神鑑定のテストでこの木を描いた人間がいたら、即異常と判断されそうな無残さだ。しかし春になれば緑の芽をつけ、やがて葉をふさふさにさせる。

人間も木と同じ生命形態を取ればよかったのに。春夏と咲き誇り、生い茂り、秋は落ち葉を散らし、冬は死んだようになる。そしてまた、満開の春……！　恒常的に活動するのではなく、木ぐらいめりはりをつけて生きれば、一年を通してリフォームできる。冬眠？　いや、クマとかは言っちゃ悪いけど効率悪いな、冬は寒いから寝るでござるという印象ばかり強くて、春のリニューアル感が薄い。

つぎつぎ生まれ変わってるなぁーと感じるのは、テレビや社会の人間たちだ。年を取り使いものにならなくなって、あるいは年でもないのにどこかお疲れの部位が顕著に出て覇気のなくなった者は、やさしく土俵の外へ押し出されて、どうぞ消費してくださいと言わんばかりのイキのいいのが、ぴちぴちっと飛び込んでくる。つまり一人の人間のリフォームはあきらめて、別の人間をつぎつぎ投入することで生命力を維持している。

社会は不老不死だ。あいつらは新しくて使いものになる人間を、キミは有能だ優秀だなどと甘言で引き寄せ、頭からばりばり食い、冬眠するまえのクマより貪欲にエネルギー補給して、木のように冬には潔く丸裸になるわけでもなく、年がら年中三百六十五日貪欲に動き続けている。

ずるい、ずるいよ社会。もっと人間一人一人を大切にしようよ。あと人類も、誕生してからだいぶな年月が流れたんだから、もっと毎年生まれ変われるような機能を身に付けようよ。しっぽとか、生えてたんでしょ？　その分をさぁ、もっと有効活用してよ。女の人の胸のサイズが時代と共にどんどんおっきくなってるらしいけど、そんなとこ工夫してる場合じゃないでしょ。いや、それも重要だけどさぁ。

「もっと、人類はもっと進化しないと。冬は茶色い体毛に覆われ、夏は臓器がとっても冷たくクールダウンして」

気がついたら声に出てて、ブーツを履いた足が薄く雪の積もったマンホールの上にさしかかり、ずるっとすべったのも束の間、ふわりと手に汗のにじむ感覚、恐怖、急激に力を入れてなんとかこらえた腰、まだすべってる足、わあ、あお、こけた……。私こけた……。普通こけるとすぐ立ち上がるものだ、しかし雪のせいか、激さむの住宅街はオーディエンスゼロ、焦る必要もないから大げさにため息を吐きつつゆっくりと立ち上がる。

あれだね、転ぶ瞬間を見られるのはたまらなく恥ずかしいけれど、誰も見ていないとそれはそれで転び損の気持ちになる。

トートバッグのジッパーを閉めていたおかげで、借りた本は飛び出してない。デニムを穿き手袋をしていたから、擦り傷はなく、コートの端はみぞれ化した地面の雪でぬれてしまったが、実質的な被害があるとすれば、地面で打った脛に青あざができていないかくらいだった。夏の青あざはスカート穿くと哀れになるからへこむけど、冬の青あざはズボンかタイツで隠せるからへっちゃらだよね。痛いけどね。雪の舞い降りる空は灰色だけど、各家の屋根に雪が降り積もっているせいで、純白が照り映え、街は妙に明るい。

そうだ、木だけじゃなく、季節もうらやましいな。だって毎回同じなんだもん。いつだって暑すぎる夏、寒すぎる冬、人は厳しすぎる気温変化に文句を言うけれど、地球温暖化の話題に敏感なのは、当たり前のようにめぐってくる四季に変化が生じたらと思うと、こわくてしょうがないからなんじゃないかな。

だめだ。四季や木をうらやましがってたりするから転ぶ。私は自分の誕生日におびえすぎ。ここまで三十歳の誕生日をこわがっていると知ったら、私の周りの人間は一人残らず呆れるだろう。分かるよ、と言ってくれる人もいるだろうが、どれくらいのレベルでおののいているか二時間にわたってこんこんと説明したら、とりあえず力抜こう、温かいコーンスープでも飲みな？　って展開になるだろう。自分でも分かってる、異常だ。なにしろ半年前からシューベルトの魔王に追いかけられてる子どもくらい、こわがっているのだから。

永遠の若さよ、我が手に！　どうしたらいいの、どうしたら手に入るの、京都市民らしくお膝元のわかさ生活の作るブルブルブルブルアイアイブルーベリーアイのサプリでも飲めばいいの。って苦しみは、十代のころ恐れていたよりもよっぽどなかった。むしろその辺りは無理に言い聞かせる必要もなく、わりと肯定的に、明日の自分より今日の自分のほうが若い、と思ってエネルギッシュに生きている。そこは、大丈夫なんだよなぁ。しかし。二十代の宿題、三十代に持ち越した……。

思っていたほど大人になれてない。それが思ったより辛いの。強迫観念により勝手に追い詰められている人、というのは、はたから見てるとからかいがいがあっておもしろいものだ。本人がマジであればあるほど、ちょっとした事象にもくるくる踊らされて、いい大人が一喜一憂だもの、肩を叩いて、まあまあと言ってやりたくなる。他人ごとなら温かい気持ちで見守れるものだ。しかし自分となれば、わっぷわっぷ溺れてるまっさいちゅう、どれだけ「力を抜けば浮くよ」と言われても沈む一方、しょっぱい海水が口のなかに入ってますますのパニック。ほんの浅瀬で、自業自得で溺れてる。私は勝手に自分に課した宿題のせいで、噛み締めすぎた奥歯が痛い。

もっと大人になってるつもりだったのに。

家に着くとドアを開けた途端、桟にたまった結露が落ちて脳天に直撃する。冷たいがいくら拭いても翌朝には窓枠にもドア枠にもびっしり結露がたまってるので、慣れっこになってしまった。踏み入れた玄関が昨日掃除したおかげですっきりしていて、心の底からほっとする。やさぐれてずっと掃除できなくて、不潔なたるんだ部屋の状態が長かったため、ストレスが溜まっていた。いいことなんて一つもないが、とりあえず掃除はできてよかった。ちゃんと暮らしてる、という実感のためには環境がとても大事だと痛感する。

昨日買って冷蔵庫に突っ込んでおいた、水炊きの材料をテーブルに出す。どうして一人で食べると孤独の際立つ鍋を誕生日に選ぶ。そうだ、ケーキを買おうとしてホールか一切れかで迷ってるときに嫌気がさして、鍋にしようと突発的に決めたんだった。

「なんか、ごめん」

自分自身に詫びるまえに、私にはもっと真摯に痛烈に詫びなければいけない他人が何人かいる。でも結局自分が一番可愛いせいか、こんなに心から申し訳ないと謝ったのは、いままでで自分に対してだけだ。こういう人間だから家族が作れなかったのだろうなぁ。冷蔵庫から飲み物を取り出すためにしゃがみ込むと、心までしゃがみ込んでしまって、涙は出ないものの情けなさに黙禱を捧げた。

自己評価、というものの儚さよ。私は調子の良い人間で、うまくいってるときは実際よりも何倍も良い評価を自分に下して悦に入るが、期待が外れるとみるみる顔色が黴の生えたチーズのようになる浮き沈みの激しさがある。本来なら泣きやまない赤ん坊を抱えて世話している年齢の人間なのに、自分のご機嫌取りなどくだらない案件で悩みたくない。

だめだ、また自分が情けなすぎて暗くなった。落ち込みを忘れさせるツボを発見できればいいのに。首の後ろのここを極小の針で刺せば、ゲーム機やデジタル時計についてるリセットボタンを押したときみたいに、すべてが消えるツボ。三十代からはそのツボの発見を目指す。楽しいこともいっぱいあったのに、こんなに愚痴だらけなんて、私がいま切ってる白菜にも手から悩みの汁がうつって、しんなりしちゃいそうだ。

鶏の生肉をわざわざ包丁で切って、まな板をぬるぬるにするのが嫌だったから、大きいのは手で引きちぎって小ぶりにしてゆく。毎度の食事でほかの動物の命をもらってるのに、リセットだなんだと、腹立たしい。さっきは社会の貪欲さに頭にきてたけど、私だって自分の命のためにほかの尊い命を食っている。しかも賞味期限内の新鮮な食材ばかり貪欲に求めて。しかし鍋に鶏が入ると一気においしくなる。いいだしが出るし、ほかの野菜を食べているときにも、次は肉を食べようという心づもりをしながら食べてる。野菜も好きだが、いまだに私にとっての食卓の主役は肉と魚だ。

頭のなかで文句ばかりつぶやきながら作った鍋だったが、おそろしく旨(うま)かった。明らかに四人前はあるから、明日も同じものを食べるのだろうと思っていたのに、具はほとんど無くなり、ご飯を放り込んで雑炊にする段階に来ていた。水炊きはヘルシーと言っても、これだけ食べれば身体にちょうど良い域は超えてるに違いない。重いお腹を横にして借りてきた新刊を開いてみるけど、四ページめに突入したあたりで、まぶたが重くなる。

部屋は暖房と炬燵で少し暑すぎて、鍋を食べてほっかほかの私は、鏡を見なくても茹(ゆ)でダコの顔色をしてるのが分かる。本を炬燵のテーブルに置いて寝返り、身体の向きを変える。考えてみれば炬燵は好きではない。熱源が足に近すぎて、しばらく突っ込んでると温まりすぎた脛がかゆくなってくるし、床に直接座るスタイルも腰が痛くなってくるし、入ったまま眠ってしまうと口がからからに乾いて最悪な寝覚めを経験する。寝返りも打ちにくいし、こたつむり状態の体勢でいると、異常に自堕落な人間になってしまったようで、罪悪感も半端ない。それでも毎年炬燵をいそいそと出してしまうのは、炬燵に対してユートピア幻想があるからだろう。炬燵に入りながら鍋、これこそ日本の冬だね、みたいな、これやっとけば安心と、どこかで典型的な冬の過ごし方をすれば普通の生活を営んでいるといえる、と甘えているのだろう。

風圧を受けてサッシがびしびしと鳴った。ははん、外は寒いのだろう、これほど暖かい内側にいると、ちょっと優越感。すごい風、瞬間風速のすごい、竜巻のような風が野外で巻き起こっているらしく、窓だけでなく部屋も軋む。そろそろと首を伸ばし、窓のそばに顔を近づけてみると、カーテンが引いてあるのに部屋の中心とは違う冷気の漂いが頬を刺した。

カーテンの隙間がちょっと空いていて、それが恐い。夜、カーテンやドアの隙間を気にせずにはいられない。誰かが覗いていたら、手がはみ出していたらと思うと、すべてきっちり閉めないと眠れなくなる。あの恐怖は本能的なものだろう。人類は隙間から魔が忍び込むと本能的に知っているのだ。手を伸ばしてカーテンをきっちり閉めようとすると、ものすごく眩しい光が隙間から差した。ベランダのすぐ向こうに野球場ができてナイターのライトがいっせいに点いたのかと思うほどの明るさ。もしくはパチンコ屋などが宣伝のために夜空をサーチライトで照らしたりするが、あれが間違えて我が家を照らしたがごとくの。

「なに？　なにごと？」

　立ち上がりカーテンの隙間から顔を覗かせると、小さなベランダの向こうに、いくつもの黄色い丸い窓。いきなり新しく建った家?!　いや違う、距離が近すぎ。これは乗り物だ。銀色の空を飛ぶ乗り物。

　窓を開けると冬の寒い風と一緒に目の前の巨大な機体から発される、微弱な音波のようなふるえが伝わってきた。巨大な機体から聞こえるのは微かな駆動音のみ、プロペラも羽根もなく静かに浮いているその姿はまるで、

「オソクナッテゴメン」

　悲鳴をあげて声のした方に振り向くと、ベランダの端に鈍い銀色にぬめり光るグレイがこちらに片手を上げて立っていた。私の身長の半分くらいしかない。

「遅いって？　どゆこと？」

「ムカエニキタ。コレニノッテ、ボクタチノ星へカエロウ」

　差し出されたやけに長い三本指のついている手は、妙に説得力がある。

「わ、ワカッタ…」

　なぜか私も片言になりながら、その手を握ると、足の裏が地面から二、三ミリ浮いた。

　UFOがゆっくり上昇してゆく。七色の光がさざめくとても複雑そうな基板が、裏底に張りめぐらされている。

「浮クョ…コワクナイ…」

見えない磁力に引き寄せられて私とグレイはUFOを追いかけて夜空を漂う。UFOの側面にはいままでなかったドアのない入り口が現れて、まばゆい光のもれるその入り口は、私たちを呼んでいる。

「コワクナイ、コワクナイョ……」

UFO内のある一室、簡素なホワイトルームの中央で、椅子に座らされた私は目のまえの宇宙人に、人類に対する質問をされている。宇宙人にとって私は初めて採集した人間のようで、彼らは興味しんしんだ。

「人間トハ、ドウイウ生キ物デスカ」

「男と女がいますね。ちなみに私は女です」

「オンナトハ、ドウイウ生キ物デスカ」

「女は……他人の噂話が好きですね」

「ウワサバナシ」

「ほかの人たちがどんな暮らしをしてるのかすごく気になるので、誰々があした、こうしたの情報交換ばかりしています。他人の不幸をこっそり喜び、他人の朗報をこっそり妬む。いうまでもなく、私もその一人です。まれに心のきれいな人はいますが、他人の状況を自分の状況といっさい照らし合わせることなく、相手を評価できる人はまれですね。というのも、女は同調意識が発達してるんです。不幸も、周りの人たちがほとんど不幸だったら、大体受け入れられます。逆に周りが不幸で自分だけ飛び抜けて幸福なら、きまりが悪くなって幸福の質を落としてしまうくらい、周りをうかがう性質なのです。女は一生、自分にとっての本当の幸福なんか分からずに生きていく生き物です」

宇宙人に、人間についての偏見を叩きこむのは、なんて楽しい作業だろう。人間を知らない宇宙人は「一概には言えないでしょ」とか「極端すぎるでしょ」「あなたの偏見でしょ」などと反論してこない。黙って空中に私の言葉を書き連ねている。細長い銀色の三本の指で、見たことのない指揮棒のような筆記用具を操りながら。

「オトコトハ、ドウイウ生キ物デスカ」

「男は……、おっぱいが好きですね」

「オッパイ」

「これです」

服の上から二つの乳房をつかんだが、ブラジャーをつけてない部屋着姿のままだったので、形が整っておらず、少し恥ずかしい。

「常についてる身からすると、場所が違うだけでお腹についてるのとなんら変わりない脂肪としか思えなくて、特別視する理由が分からなかったんです。しかし最近ですね、ふとした拍子に自分でもんでみて気づいたんですよ。これはいい。もむほどあるのかよ、って言われると切ないんですが、私くらいのささやかさでちょうどいいんです。寝るまえに飲むコーンポタージュスープほどの量ですね。真夜中にトイレに行きたくて目が覚めるほど飲んじゃいけない。小動物を手に乗せてるときのようなかすかな高揚感があります。さすがにエッチな気分にはなれないけど、ぽやんぽやんしてて、あったかくて、癒やされる。もんだ後の手のひらにも脂肪の温かさが、薄く甘い膜となってうっすら残る感覚も良い」

あまりにおっぱいを褒めると、宇宙人が「ワタシモ」と手を伸ばしてこないか心配になり、いったん言葉を切ったが、宇宙人が微動だにしないので続けた。

「自己セラピーになり得るほど偉大な力です。つらいとき、悲しいとき、女子、自分のおっぱいをもめ、と全女性にアドヴァイスしたいですね。男とか赤ちゃんだけに貸してあげるのじゃもったいないよ、大きい人も肩こりの原因だなんていまいましく思ってないでさ、恥ずかしがらず潔く、もんどけ！」

がっ、と膝が寝返りを打った拍子に炬燵の脚に当たって、飛び起きる。十一時半。二時間も変な時間に寝てしまった。体内の水分は炬燵にすべて奪われ、鍋の具材を一人で平らげたせいでお腹がいっぱいになりすぎて、起きたあとも気持ち悪い。どうしようもない夢を見た。

いや、あれは夢でなく、私はじっさいにＵＦＯによばれて、なにか機材を体内に埋め込まれて、また炬燵へ戻されたのかもしれない。しかし機材が埋まってる脳みそが一番怪しい。真剣に悩んでいると思っていたのに、脳みそよ、おまえは私が想像もつかないほど、はっちゃけた奥の手を潜ませてるんだな。

「自分が、心配だ」

地球外生命体に助けを求める己の脳の図々しさに、誰ともなくごめんなさいと詫びながら、カーテンを開ける。窓の外には、ＵＦＯでなく雪がまた降り出している。ベランダに出て、もうあるはずもないのに、今日の夕方自分が雪に付けた、一人分の足跡を外灯の照らす道路に目で探した。

知らないふりを決め込めば、簡単にやり過ごせる他人の心の機微や傷つきに、立ち止まる勇気がなくなってから、もうずいぶん経つけど、走った距離の分だけ心の空白は大きい。息せき切ってふと立ち止まりふりむくと、自分一人の影だけが細く長く伸びている。昔大切だと確信していた繊細な風の揺らぎ、少し気づまりな沈黙、他人の家の日当たりの良いバルコニーに干された洗濯物を見たときの謎の懐かしさ、冬の夕暮れの早さへの原始的な恐怖。

記憶喪失というより感覚喪失の勢いで忘れていってるし、昔スープのパセリの成分まで嗅ぎ取れていた鼻も、強くスパイシーな匂いにばかり慣れてうまく利かなくなってるけど、けど大切だったってことは覚えている。動画にも写真にも日記にも残せなかった青春の名残りは、皮肉だけど想像もしなかった、皺って形で顔に残ってる。色あせた賞状でも、まだ着られる可愛い薄生地のワンピースでも、今つかんでる充実や幸せにでもなく、常に切り離せない皮膚、身体に証が残る。これからも増え続けると思うと、あきらめとともに安心がこみ上げた。恐ろしいほどに人類平等な記録、どんなに美しく生きようが、反対にだらしなくダーティに生きようが、一つの言葉も持たない老いは付加価値を許さない。

雄弁な皺などあるだろうか？　生き方の高潔さが表れている垂れ下がった乳房とは？　人の身体のうち、何歳になっても雄弁なのは、いつも変わらず瞳で、努力の鼻息を伝えるのは鍛え上げられた筋肉、永遠の幻想を夢見させるのは、子どものすべらかな、少し細すぎる二の腕だ。

平等すぎるほどの生きた証を身体に刻みながら生きていけるなら、大切な人の名を記したタトゥーも、心を晴れやかにするための染髪も、見るだけでうれしくなる華やかなネイルアートもいらない。あ、いるか。美しいもんね。いるけど、身を飾るものに純粋な目的以外の意味を乗っからせる必要はない。

いまは炬燵がmy基地だけど、いつかＵＦＯが迎えに来たら、迷いなく乗り込めるほど身軽に生きたい。何十年生きても、老いた証拠は身体にだけ残して、心は颯爽と、次の宇宙へ、べつの銀河へ。可能性はいつだって、外ではなく自分の内側に埋まっている。

（集英社文庫『意識のリボン』に収録）

茶色の小壜（こびん）

恩田陸

恩田陸（おんだ　りく）
1964年宮城県生まれ。92年『六番目の小夜子』でデビュー。2005年『夜のピクニック』で吉川英治文学新人賞および本屋大賞、06年『ユージニア』で日本推理作家協会賞長編及び連作短編集部門、07年『中庭の出来事』で山本周五郎賞、17年『蜜蜂と遠雷』で直木賞および本屋大賞を受賞する。『ドミノ』『灰の劇場』など著書多数。

私が三保典子に興味を持ったのは、ある偶然の出来事からだった。

私の勤めている会社は、毎年ゴールデン・ウイーク前に新宿のシティ・ホテルで新人歓迎会を開催する。年度始めの忙しい時期を避け、新人が会社に慣れ、異動した社員が自分の仕事に慣れた頃を選んでいるのだが、連休は月末月始を挟んでいるので、どのみち忙しいのは変わらない。

その日は朝から空が暗く冷たい雨がアスファルトを叩いていた。同じ西新宿でも、会社の入っている高層ビルからホテルまでは、十分は歩かなければならない。みんなが窓から傘の花の咲いている通りを見下ろし、溜め息をつきながらレインコートを羽織って出ていく。四月は人事課を含む総務部にとって忙しい時期だ。他の社員にとっては新人でも、総務部にはもう古い顔だ。次の採用活動は始まっている。そして、印刷物の発注は庶務課の私の仕事。私は明日までに印刷所に戻さなければならない、会社案内のゲラをチェックするのに時間が掛かって、会社を出るのが遅れてしまった。

もうすぐ五月だというのに、春の夜はぶりかえした寒さに震えていた。雨はほとんど止んでいたが、薄着をした女性が傘の下で腕組みをし、逃げるように歩いていく。やれやれ、また新人歓迎会か。この間出たばかりのような気がする。傘の下の息が白い。ベテラン女性社員にとって、新人というのは年々興味を失っていくものの一つだ。彼等はいつも大挙してやってきて会社をかき回す。その渦がおさまる頃には、何割かが底に沈んでいたり、いなくなっていたりする。この日のためにスーツを新調することもなくなった。新人歓迎会に限らず、イベントというものに対して興味を失うのだ。

その時、前方でどんっという重い衝撃音がした。はっとしてそちらに目をやる。周囲の人間も、皆その音に視線を引き寄せられている。

「何」

「事故だ」

「わあ、トラックが電話ボックスに突っ込んでる」

「電話ボックスの中に誰かいるぞ」

「ひどい」

ざわざわという不穏な囁きが、がやがやという興奮に進化するのは一瞬だった。私もご多分に漏れず、非日常の気配にどきどきしながらあっというまに膨れ上がった人垣に割り込む。傘の先や濡れたコートが舌打ちしたくなるほど冷たい。

トラックをくいとめているように見える電話ボックスは、道路側が『く』の字形に歪んでいた。ガラスが衝撃と罅で白くなっている。中に、緑の電話機にもたれかかるように中年の男が立っていた。立っていると言うよりも、挟まれているらしい。足元に、開いたシステム手帳と蓋の開いたカバンがガラスの破片に交ざって落ちていた。システム手帳のページに血痕が飛んでいるのが見えた瞬間、気持ちが悪くなる。

真っ青な顔で道路側のドアを開けて降りてきた運転手は、自分も額から血を流しているのに気付かぬ様子で電話ボックスに飛び付いた。どんどんとガラスのドアを叩く。

「おい！　あんた、大丈夫か！」

返事はなかった。運転手は変な形になってしまった扉を開けようと必死に引っ張るのだが、屋根が歪んでいるために屏風形の扉は引っ掛かって動かない。近くにいた若いビジネスマンが数人駆け寄り、四人がかりでドアを引っ張った。人垣が固唾を飲んで成り行きを見守るうちに、みしっ、という音を立ててようやく扉が開いた。周りから安堵のどよめきが漏れる。

中の男を引っぱり出して濡れた歩道に横たえたが、意識がないのか顔は真っ青で目を閉じている。電話機にぶつけたらしく唇が切れ、顎が腫れ始めている。耳元で叫んでも、男はぴくりとも動かない。男の頬に、雨がぽつりぽつりと当たっている。さぞ冷たいだろうに、と一瞬寒気を覚えた。

「怪我してるぞ」

ふと、一人が男の肩のあたりから流れ出している血を見て怯えたように呟いた。砕けたガラスが刺さったかして切ったのだろう。止血をしなければならない、と誰もが頭には浮かんでいるのだろうが、どんな処置をすればよいのか分からず、途方に暮れたように顔を見合わせる。私はぞっとした。電話を掛けていて事故にあうという状況よりも、事故にあった男を大勢の野次馬の中で、正しい応急手当の方法も分からず呆然と見守っていなければならない羽目に陥った通行人の状況に。

その時である。

人垣の中から薄い水色のコートを着た若い女がスッと出てくると、横たわっている男のそばに素早くしゃがみこんだ。男たちはあっけに取られたように彼女を眺めている。

女はその表情からして非常に冷静だった。顔をのぞきこみ、呼吸があるかどうか確かめ、腕時計を見ながら首筋を押さえて脈をみている。ぴたりと指を当てた無駄のない手つきは、明らかにそういう行為に慣れているようだった。生命に別状はないと判断したのか、女は男の肩や腕に触れていく。骨折があるかどうかみているらしい。二の腕の部分から出血しているのを確かめると、彼女は男の首のネクタイを素早くほどいて引っ張り出し、ためらわずに男の脇の下をぐいぐいと縛り上げた。この間、ほんの数分。遠くから救急車のサイレンが近付いてくるまでの間、野次馬はじっと彼女がネクタイを押さえている指を見てい社の人間であることに気が付いたのだった。

と、掌に血が付いている。そして、その時になって初めて、私はその女性が自分と同じ会

た。華奢な白い指——実際、力を込めているせいかその指は真っ白に見えた——よく見る

私がそっと広間に入っていくと、既に新人のスピーチが始まっており、酒混じりの笑い声と喚声が澱んだ空気を揺るがしていた。案の定、料理はほとんど残っていない。

経理課の勝又みずえが目敏く私を見つけて寄ってくる。彼女は数少ない女性の同期の一人だ。彼女は私が遅れてくるのを見越して、何皿か料理を取り分けておいてくれた。私は手で拝んで感謝してから、そっと彼女の視線を私の前に入ってきたあの若い女性に向けさせた。彼女は、するすると広間の後方にいた若い娘たちのグループに入っていく。

「ねえ、あの子知ってる?」

みずえは私の視線の先を見ると、ああ、と大きく頷いた。

「ああ、あの人。三保さんよ。この四月に品川営業部からウチに異動になったの」

「みほさん? それが名字なの?」

「そう、三つのたもつ。珍しい名字よね、三保典子さんていうの。どうして?」

「ううん、別に。あの子、ずっとあたしの前歩いてたんだけど、目的地が同じだったんであれっと思ってね。初めて同じ会社の子だって気付いたのよ」

「六年目かな。本社勤務は初めてだっていうから、知らなくても不思議じゃないわ。おとなしいけど、しっかりしてて使える子よ。久しぶりにまともな人材が来たわ」

「ふうん。よかったね」

私はほんの数分前に自分が目にしたものに気を取られていた。あれはいったいなんだったのだろう。

彼女が路上の事故で怪我人を世話したことは黙っていた方がいいような気がした。駆け付けた救急隊員にふたことみこと何かを伝えたあとで、彼女は何ごともなかったかのように足早にホテルの会場へ向かった。それは文字通り逃げるようにという表現がぴったりで、彼女に自分の行為を誇示するつもりがないのは明らかだった。彼女はまっすぐホテルの洗面所に向かった。私もあとからこっそり洗面所に入った。彼女をよく見たいというのもあったが、寒いところを歩いていたので急に尿意を感じたのである。彼女は私には気も留めず、じっと手元を見つめながらゆっくりと手を洗っていた。

どこにでもいる若い娘だった。痩せていて姿勢がよく、ほどよく流行の服を着て、セミロングの髪形も今時のOLらしい。丁寧な化粧には清潔感があり、顔だち自体も悪くないのだが、表情に乏しく、どちらかと言えば淋しい顔だった。いったん目の前からいなくなるとたちまち忘れてしまうタイプの顔である。トイレに入ろうと彼女の後ろを通り過ぎた時、彼女のコートに大きな血痕が飛んでいるのに気付いた。鏡の中の彼女が、私の視線にはっとするのが分かった。彼女はコートの裾を見下ろした。血痕に指を当てる。トイレの扉を閉める瞬間、私は心の中で「えっ」と叫んでいた。

鏡の中の彼女は笑っていた。

自分の指先に付いた血を見て笑っていたのだ。


「三保さんて、しっかりしてるよね。みんなでわいわい騒ぐのは好きじゃないみたいだけど、内気っていう感じでもないんだよね」

「殺気立ってる午後の経理課でも、いつも穏やかだしね。あたし、経理課に頼みごとする時、ついつい三保さんのところに行っちゃう」

「うん。あたしなんか一歳しか違わないのに、お姉さんって感じがする」

小さなお弁当箱をつつきながら、娘たちが小鳥のようにさえずっている。

それもまた偶然だった。経理課の女子社員が一人休んでいるために、いつもその子と二人でお弁当を食べている女の子が、経理課のみずえにくっついて私のところに来た。すると、近くにいた総務課のその子の同期二人が合流してきたというわけである。いつもと違う顔ぶれでのお弁当タイムは、専ら普段のメンバーでは仕入れることのできない社内の情報交換に費やされる。同じ課にいても普段は聞けないことを聞くチャンスでもある。結婚・退職情報や不穏な人間関係など、ひととおり最新のゴシップが披露されたあとで、何かの折にその名前が出た。その時まで、私は彼女に興味を持ったことを忘れていた。が、彼女の名前が出たとたんにあの時感じた興味が蘇ってきた。鏡の中で笑っていた娘。もっと彼女のことを聞きたかったが、控えていい人の噂というのは座が持たないもので、その時もあっさりと話は終わってしまった。

それとなく注意はしていた——みずえの口から彼女に対するコメントを聞こうとそれとなく促したこともあったが、毒舌家のみずえが三か月も一緒に仕事をしているのに褒めているのだから、三保典子という娘が有能だと認めざるを得なかった。

確かにきちんとした娘のようだった。いつのまにか、経理課を通り掛かる折には、彼女の姿を探す癖がついた。いつも淡々と、その場に溶け込んで仕事をしている。目立たないが自分の中に閉じこもっているわけでもない。ごく平凡な社員。ただ、どことなく彼女は周到な感じがした。何かの目標に向かって黙々と日常を積み上げているような印象を受けるのだ。そして、実現するまでその目標を決して口にすることはないだろうと。

計らずも、みずえが一度だけぽろりと漏らしたことがあった。

「あの子、アフタースクールでも行ってるのかしら」

彼女がそういう感想を持ったのもよく分かる。二十六、七歳はOLとして迷う時期だ。会社の中に自分を求めるか、外に求めるか。迷っている子は、知らず知らずのうちに会社で自分の感情の揺らぎを発露させてしまう。だが、結婚予定であったり別の目標があったりして、外の世界を持っている人間はえてしてドライだ。感情の住み分けができるからである。そして、三保典子は明らかに後者だった。

娘たちの噂ばなしは続く。

「そういえば、三保さんて、看護学校出てるんですってね」

突然思い出したように一人が言った。再び耳が引き寄せられる。看護学校。脈を測っている彼女の姿が目に浮かんだ。なるほど。ならば、あの的確な対応にも頷ける。

「えー、そうなの？　誰に聞いたの？」

「こないだ飲み会やった時、法人営業部の田中君が言ってたの。彼、三保さんと高校一緒だったんだって」

「へえっ、珍しいよね、看護学校出てＯＬやってるなんて」

「勿体(もったい)ない。お医者さんとか知り合えるのに」

「でも、すっごくキツイんでしょ？　夜勤はあるし待遇悪いし」

「あたしにはできないわ。でも、三保さんだったらできたかも」

「うん。そう思って聞いたことがあったんだ。どうして看護師にならなかったんですかって」

「そしたら？」

「頑張って資格は取ったけど、どうしても血が駄目だったんだって。意外でしょ。でも、あんなにしっかりしてる人が血が怖いだなんて、逆になんだか可愛(かわい)いよね」

三保典子は縁故入社だった。

コネにもいろいろあるが、旧財閥系の上得意の役員クラスからの紹介だから、かなり上の方と言えるだろう。少なくとも、三保典子は彼女を紹介した男に恥をかかせることはあるまい。三保典子の勤務態度は至って真面目で仕事の内容の評価も高く、会社としては元が取れている。

彼女は神奈川の公立高校を卒業後、東京の一流医科大学の看護学科に入っていた。きちんと三年で卒業し、その年の国家試験にも合格している。本籍地は兵庫県になっており、緊急連絡先の母親の住所も宝塚市になっていたから、恐らく彼女が高校を卒業したのちに親は郷里に帰ったのだろう。彼女は東急池上線沿線で一人暮らしをしていた。

なぜ彼女は看護師にならなかったのだろう。

薄暗い資料室で、こっそり個人ファイルを戻しながら私は考えた。

私はなぜこんなことをしているのだろう。

ふっと自嘲的に笑い出したくなる。

単なる好奇心だ。私の個人的好奇心。別にこうして履歴書を見たからって、誰かに話すわけじゃない。心の底でそう自分に言い聞かせる。きっと、私は退屈しているのだ。判で押したように繰り返される日々に、小さなドラマを求めているだけ。

ロッカールームで、女たちが緊張感のない声でお喋りをしている。帰宅前の、会社の顔からプライベートの顔に戻る瞬間。汗に強いファンデーション。飲み会に使う店の候補。通販の下着の品定め。私とは無縁の会話。随分前に私から遠ざかっていった会話。別に入ろうと思えば入れるけれど、年々億劫になる。朽ちていく日々。エンドレスに繰り返される日々。自分を覆う殻が少しずつ厚くなってゆくのが目に見えるようだった。

ふと、私は離れたところのロッカーで三保典子の横顔を見つけた。広いロッカールームに、帰宅前の女たちがあらゆる匂いを放ちながらごったがえしている。私のロッカーとは対角線上にあったのに、その横顔はくっきりと私の目に飛び込んできた。

彼女はやはり笑っていた。掌に包むように小さな壜のようなものを持っている。

あれはなんだろう？　香水？

私は目を細めて彼女の手元を注視する。

彼女はそっとその壜に鼻を寄せ、一人静かに微笑んでいた。

「いやあ、僕もびっくりしたんですよー。珍しい名字だけど、あの三保さんだとは思わなかったもんで。彼女、ずっと看護師になるって言ってたらしいし、彼女ならなれるとみんな思ってたしね。しっかり者だし、手先は器用だし。彼女、ラグビー部のマネージャーやってたんです。ラグビー部って、怪我多いでしょ？　彼女の手当ては素早くて正確だってコーチも言ってました。同級生の女の子が話してたんだけど、彼女のうち、小さい時からずっと病人がいて、面倒みてたんですって。おばあさんとお父さんを看取ったって聞いたなあ。だから看護師になりたいって思ったみたいですけど。そしたら、会社入って彼女がいたからびっくりしましたよ。彼女もびっくりしてましたけどね。看護師はどうしたんだって言ったら、資格は取ったけどね、って舌出してました。僕もそれ以上は聞かなかったけど。お金かかるしってちらっと言ってたな。実際、大変なんでしょうね」

法人営業部の田中という青年は、気は良さそうだがあまり察しのいいタイプではないようだ。振ったはずの仕事がいつのまにか戻ってきていそうな、どちらかと言えば一緒に仕事をしたくない人間と言える。みずえなら一週間で匙を投げそうだ。だが、三保典子の情報提供者としてはなかなか役に立った。

昼休みに予備のストッキングを買いに行った際、親しくしていたかつての上司に会い、一緒に喫茶店に入った。その時、彼のポストが法人営業部長だというのが心のどこかにあったのかもしれない。そこで彼の部下が同じ席になるかもしれないというのも。

田中の話を聞いて、私はますます混乱した。少女時代に看取った祖母と父親——動機としてはこれほどインパクトの強いものもないだろう。ラグビーの怪我ならば骨折や脳震盪だけでなく、血を見ることも多かっただろう。その手当てをてきぱきこなしていたのならば、看護師がもっと多くの血を見るということは簡単に予想できたはずだ。なのになぜ？　彼女が同僚に語った挫折の理由は納得がいかない。血が怖い？　いや、私には、むしろ彼女は——

ロッカールームの喧騒。

三保典子の横顔。また、手にあの小壜を持っている。大事なものらしい。薬だろうか？　何か持病でもあるのだろうか。だが、蓋を開けるでもなく、そっと手に取ってその感触を楽しんでいるという感じなのだ。

何よりも気になるのはあの笑顔だ。普段の彼女はニコニコしているとまではいかないが、穏やかで感じのいい表情をしている。たまに笑う時も静かに笑う。だが、あの小壜を手にする時の笑みは違う。それはあの時鏡の中で見せたものと同じで、なぜか見ている者を不安にさせる奇妙な笑みだ。まるで、彼女がこのロッカールームに時限爆弾を仕掛け、ここにいる女達が数分後には全員死ぬと分かっているのに、女達がそのことに気付かぬことをひっそり嘲笑っているかのような。

私はなんてひどいことを考えるんだろう。真面目なＯＬが自分の持ち物を手にしてうっとりしているからといって、罪に問われるとでもいうのだろうか？

「看護師になる人って、子供の頃家に病人がいたとか、自分も入院していたって人が多いんですよね。いえ、私の場合は母親が看護師だったから。小さい頃は淋しくって恨んでたけど、だんだん私のお母さんってすごいんだなあって思うようになって、進路を選択する時期になったら自然に選んでましたね。三保さんは同期でも優秀でしたよ。なんていうのかなあ、一本芯が通ってるっていうのかな。ほとんどが十代の女の子だから、看護師になりたいっていう目標は持ってても、これでいいのか、あたしは本当に向いてるのかって迷路に入っちゃうのは当然ですよね。でも、三保さんはそういうところが全然なかった。必ず看護師になるっていう感じで――迷いがないし、いつも冷静で判断も的確だから、患者さんも安心するんですよね。三保さん、小学生の時に自宅で末期癌のお父さんを面倒みてたそうですよ。お母さんが夜働いてたから、交替で。ああそうだったのかって納得しましたね。実習でも、いちばん具合の悪い人につきたがってたし、いったんついた患者さんは最後まで――退院するか、亡くなるかってことですけど――付きたがってました。若い女の子は嫌がるのに。え？　香水？　三保さんが使ってる香水が何かですって？　あたしたち、香水は付けません。三保さんが香水持ってるところなんて見たこともないなあ」

昼休み。

静まり返ったがらんとした部屋に、スチールの扉がずらりと並んでいる。

上着やお弁当を取りに来る十二時過ぎと、始業前の一時近くになると大騒ぎになるが、十二時二十分頃というのはロッカールームが空になる時間だ。

私は自分が蒼白（そうはく）なのに気付いていた。行きたくないのに、足が少しずつ引き寄せられていく。蛍光灯に、スチールの扉が鈍く光っている。

一番奥にそのロッカーはあった。

『三保』

白いプラスチックのネームプレートがそっけない。

私は小さく深呼吸した。心臓の音がどきどきしてうるさいほどだ。

やるなら早く済ませなければ。誰かに見つかって、人のロッカーの前に立っていたなんて噂を立てられてはたまらない。だが、私の指はそろそろとしか動かなかった。

開くはずがない。みんなロッカーに鍵（かぎ）を掛けているはずだ。

きっと鍵なんか掛けてない。しょっちゅう扉を開けるのに、いちいち鍵なんか掛けているものか。

二つの矛盾した声が頭の中で重なりあうように叫んでいた。

がちゃ、という無骨な音を立てて難なく扉は開いた。私は気抜けしたが、そっと中をのぞきこんだ。

中は整然としていた。ハンガーにかかった私服とヒール。封の切っていないティーバッグ。紙袋に入った生理用品と三足一組のベージュのストッキング。

畳んだ膝掛け(ひざかけ)の奥にそれは入っていた。

赤いきれいなチョコレートの缶。

が、中味がチョコレートではないことは触れた瞬間に分かった。中でかちゃかちゃとガラスがぶつかる音がしたからである。

私はそっと缶の蓋を押し上げた。

「自立した子、というのが私の印象ですねえ。あの子のことはよく覚えています。五年生の時の担任だったんですが、いつも隅っこにいるんだけどまっすぐにこちらを見つめて話を聞いていた。熱心に話を聞く子というのはいますけど、彼女の場合はちょっと違う。さあ、この人はどれだけ自分に役に立つ話を聞かせてくれるだろうか、という感じなんです。馬鹿(ばか)にしてるというんじゃなくて、彼女の場合必要に迫られてたんでしょうな。家に帰れば家事と介護に時間を取られてほとんど勉強できないし。たいていの生徒は教師の話が脱線するのを喜びます。ところが、彼女は私の話が脱線すると、とたんに集中力をなくすんです。逆に、実用的な話にはよく反応しましたね。

今でも記憶に残っているのは、ピクニックに行った時です。クラスには、片親であったり、家業の手伝いをしていて学校の行事に参加できなかったり、家庭でもほとんど家族サーピスを受けられない子がいます。当時の私は春休みにこっそりそういう子たちを集めてピクニックに連れていっていました。年度内だとひいきだなんて言われたりするので、クラス替えになる前の春休みに行くんです。その時に三保も連れていった。子供でも登れる低い山を一日掛けて歩きます。楽しかったですよ。下山する前にみんなで休憩した時、もし山登りをしていて迷ったらどうするかという話をしました。まず、みんなにどうするか聞きました。動かないで待つとか、見晴らしのいいところを探すとか、子供の考えそうなことをいろいろ言いますね。その時、彼女は何て言ったと思います？　彼女が真面目な顔で『野ネズミを探す』と言ったのでみんながあっけに取られました。『どうして？』ときくと、彼女は言いました。『つかまえて首を切るためです』私たちはますますあぜんとしました。『なんで首を切るの？』更に聞くと、彼女は平然と答えました。『血を取るためです。血液というのは、完全栄養食だから』」

残業で疲れていた。

会社の設立五十周年記念の式典は、総務にとっては悪夢のようなイベントである。招待状の発送、VIPのスケジュール確認、記念品の発注。まだ数人の男性が残っているが、あまりにも能率が落ちていたので、積み残した仕事を見ぬふりをして帰宅することにした。

こめかみを揉みながらロッカールームに入る。墓標のように並ぶスチールの扉。

見える。

私はふと、何気なく奥の扉を見た。なぜかその扉だけが浮き上がって光っているように見える。

そろそろと足が引き寄せられている。

一番奥のロッカーの中にある赤いチョコレートの缶。中にズラリと並んでいるあの茶色の小壜。そして、その中にあるものは――

私はその扉の前に立った。

「私のロッカーに何か御用ですか？」

突然、背中に落ち着いた声が投げられた。

全身が凍り付く。どこにいたのだろう？ そうか、ドアの陰に違いない。もうこのフロアの女子で残っているのは私しかいないから、ドアが開くのをずっと待っていたんだ。

痛いほど静かな部屋の中を、後ろの方からコツコツとヒールの音が近付いてくる。

私は思い切って振り返った。

そこに、二メートルくらい離れて、初めて正面から見る三保典子の顔があった。

穏やかな、どこにでもいる若い娘。ただ、今までの印象と違うのは、こうして間近から見るとかなり綺麗な娘だということだった。

「え？ あ、その、なんでもないの。ただ疲れてふらふらと」

「関谷さん、ロッカー荒らしの噂知ってます？」

彼女は私の顔を見据えたまま、静かな声でさりげなく言った。私は愕然とする。

「えっ？ そんな、まさか。私はそんなことしてないわ」

顔が紅潮するのが分かった。彼女は全く表情を変えない。が、ズバリと言った。

「でも、前にも私のロッカーを開けたことがあったでしょう」

私はぐっと詰まった。心臓が早鐘を打ち出す。

「まさか。どうして私が」

「私の小学校の担任や、看護学校時代の友達にも会いに行ったんですってね。どうしてですか」

彼女は私の言うことに全くとりあわなかった。いや、私が何をしていたか全部知っていたのだ。彼女は相変わらず平然としたままこちらを見ている。私はしどろもどろになっていた。ただの好奇心なの。ただ見てみたかっただけなの。私はなぜか急に腹立たしくなってきた。子供のように癇癪を起こしそうになる。

「別にそんな——あなたが怪我人を手当てするところを見たのよ——すごい慣れてて」

彼女はそこで『ああ』と納得したような顔になった。彼女は彼女で、なぜ私が彼女に興味を持ったのか不思議に思っていたのだろう。が、すぐに冷静な表情に戻り口を開く。

「私、迷惑してるんです。素行調査をされてるみたいで。心配した友達や先生から連絡がありました。何かトラブルにでも巻き込まれてるんじゃないかって。ひょっとして、上の方から調べろとでも言われてるんですか？　私、何かしました？」

彼女はじわりと怒りを滲ませて私を見た。それでも、彼女はあくまで冷静で礼儀正しかった。彼女に非はない。頭ではそう分かっていても、既に私は問い詰められて理性を失っていた。自分を問い詰める彼女に怒りを感じた。自分より一回りも下の娘に追い詰められていることに屈辱すら覚えていた。

「あたし見たわよ——あなたがロッカーの中に集めてるもの——あの壜の中味。いつも手に取ってニタニタして。おかしいわよ。異常よ、あなた」

切れ切れに、精一杯の軽蔑を込めて私は呟いた。

彼女はクスリと笑った。

私はあっけに取られた。彼女がおかしそうな顔をしているのを、ぼんやりと眺める。頭の中は説明のつかない感情で混乱していたが、その時笑った彼女が、むしろ愛らしくすら見えたことに驚いた。

「何？　あたしが何を集めてるんですって？」

彼女はつかつかと進んできて、自分のロッカーを開けた。

そこは空っぽだった。膝掛けも、紙袋も、そしてチョコレートの缶も、何もない。

「処分したのね」

「処分なんかしないわ——それに、もし私があなたの言うようなものを集めていたとして、何か罪になるの？　何かいけないことでもした？」

典子はなぜか親しげな様子で歌うように話しかけた。じっと私の顔を見る。その落ち着いた、理知的な目。今の私なんかより遥かに理性的な瞳が、私を混乱させる。

彼女はロッカーを閉めると、その扉に寄り掛かって呟いた。

「看護師を子供の頃から目指していたわ。他の進路なんてこれっぽっちも考えなかった」

その目は、遠くを見ている。

「看護師っていろいろ矛盾に満ちた仕事なの。分業と雑事に追いまくられて、きちんと一人の患者さんとゆっくり向き合うなんてできやしない。それは私の考えていた理想と全く違ってた――私は自分が看取った人を決して忘れはしない。ひとりひとり最期まで側にいたい――そして、そのひとを忘れないために、少しだけ記念品を分けてもらうの――それだけよ。子供の時から私はそれに魅せられていた。私のお父さんは生物の先生だったの。私が介護をしている時も、痛みがない時はいろいろな話をしてくれた。みんなが持っている赤いもの、みんなを生かしている不思議な赤いものについて――」

典子はもはや、私のことなど目に入っていないかのようだった。

ふと、彼女は急に押し黙った。奇妙な沈黙。

そして、その恐ろしく醒めた目がスッと私を見た。

「――そう――たまには違う形で記念品を貰うのもいいかもね」

「じゃあ、勝又さん。短い間でしたけど、いろいろお世話になりました」

花束を持った三保典子が、私のところに挨拶に来た。私は伝票から顔を上げて彼女の顔を見る。もう引っ越しは済ませており、この足で宝塚に帰るらしい。

「頑張ってね。三年は辛抱するのよ」

「はい」

三保典子は強い意思をのぞかせてにっこり笑った。この娘ならば大丈夫だろう。経理課での送別会で、彼女の今後の計画を聞いた時は不覚にも感動してしまった。

郷里に帰って介護サービスの会社を作るというのである。そのための資金を作る期間と割り切って、ＯＬ時代は目標額目指して必死にお金を貯めたそうだ。もう病院でフルタイムの勤務はできなくても、自分の技能で役に立ちたいと思っている元看護師はたくさんいる。そういう人たちを集めて、自宅での長期間の高度医療を必要とする患者の世話をするのが夢だったという。

「関谷さん、まだ出てらっしゃらないんですね」

三保典子はそっと庶務課の方に視線をやって呟いた。私が親しくしていたからだろう。

「そうね。なかなかよくならないみたい」

私は気のない相槌を打った。

関谷俊子は一か月前、ロッカールームで倒れているところを発見された。残業のあと、貧血を起こしたらしい。残業続きだったので責任問題を恐れた会社の上層部は慌てたが、もっとまずいことに、彼女のポケットから他の社員の時計や化粧品が見つかったのだった。それ以来、彼女に対して会社は腫れ物に触るように接している。このまま出てこないことを願っているのは確かだった。私は彼女が人のものを盗むとは思えなかったが、長い間会社勤めをしていると、それこそ陳腐な表現だが『魔がさす』としかいいようのないものが心に忍びこむ瞬間があることも知っている。何度か病院に見舞いに行ったが、体内の赤血球数が極端に減っているらしく、いつ見てもうつらうつらと眠っていた。

「じゃあ、失礼します」

「元気でね」

三保典子は深く頭を下げて去っていった。私は伝票に戻りながら、意識の片隅で何かが引っ掛かっているのを感じた。頭を上げた瞬間、三保典子が見せた奇妙な笑み。あれはどういう意味だったのだろう。私はほんの少しそのことについて考えたが、そのうちいつもの業務に紛れ、その疑問はたちまちどこかに消えていった。

（新潮文庫『図書室の海』に収録）

神様男

桐野夏生

桐野夏生（きりの　なつお）

1951年生まれ。99年『柔らかな頬』で直木賞、2003年『グロテスク』で泉鏡花文学賞、04年『残虐記』で柴田錬三郎賞、05年魂萌え！』で婦人公論文芸賞、08年『東京島』で谷崎潤一郎賞、09年『女神記』で紫式部文学賞、10年、11年に『ナニカアル』で島清恋愛文学賞と読売文学賞をダブル受賞。15年紫綬褒章を受章。

お母さん元気ですか？

るみちゃんも元気にしてる、かな。

優梨奈は元気だよ。

すっごいニュースがあります！

ついについに、Ｍａｙｂｅ★Ｄｏｌｌが、「アイドル・エクスプロージョン！」に出れることになりました。

「決まったよ」って社長さんに言われた時、あんまり嬉しくて、みんなで抱き合って泣いちゃったくらい。

Ｍａｙｂｅにどんだけのお客様が来てくれるかわからないから、ちょっぴり不安は不安だけど、そのくらいすごいイベントなんだから、頑張るっきゃないよね。

お母さん、成功祈っててて。

またメールするね。ほんじゃあ。　優梨奈

相変わらず子供っぽいメールだったが、優梨奈（ゆりな）なりの緊張が伝わってきて、多佳子（たかこ）は思わず目頭が熱くなった。不器用な娘がどれだけ頑張っているかは、母親である自分だけが知っている。

この夏、帰省した時は、鎖骨が浮き上がるほど痩せ細っているのが気になった。ろくに食べていないのかと心配したら、プロダクションの社長からダイエットを厳命されているという。納得しつつも、何となく頷（うなず）けないのは母親だからか。

アイドルは痩せていることが必要条件なのだとか。運よくデビューできたとしても、ファンの男の視線は厳しいらしい。太めの子なんて、見向きもされないのだそうだ。

体が成長する十代後半の大事な時期に、無理なダイエットなんかして、先々大丈夫なのだろうか。子供が産めなくなったらどうする。

もちろん、選んだ仕事が「アイドル」なのだから、外見がすべての世界であるのは仕方ない。しかし、優梨奈は子供の頃から太めで、容貌も地味だった。華やかな子がたくさんいる東京で、いったいどれほどの無理をしているのだろうと思うと、不憫でならないのだった。

優梨奈は、小学生の頃からタレントやアイドルに憧れて、人前で歌ったり踊ったりするのが大好きな子供だった。歌がうまいとか可愛いなんて、一度も褒められたことはないはずなのに、どうして人一倍目立ちたがりなのか、多佳子には不思議で仕方がない。自分はSMAPが大好きで追っかけしたいとまで思い詰めたこともあった。だが、同じ芸能の道に入りたいなんて考えたことはまったくないのだから、時代が違うのだろう。でも、娘が選んだ道なのだ。母親の自分が応援してやらなくて誰がする。そんな使命感がある。

優梨奈が、内緒であちこちのオーディションを受けていたことが判明したのは、事後だった。聞いたこともないマイナーな芸能プロダクションのオーディションに受かった途端、さっさと高校を中退して、プロダクションに言われるがままに、東京に出て行ってしまったのだ。優梨奈にとって、その合格がどれほど嬉しい出来事だったかは、その時の踏ん切りの早さと、後の頑張りを見ればわかるというものだ。

しかし、歌や踊りのレッスンを受けていればデビューが果たせ、チャンスさえあればもっとメジャーになれる、とは言われたものの、レッスン料は無料ではなかった。本人が払うものだとは、多佳子も知らなかった。

レッスン料として、プロダクションにいくら納めてきたかは忘れてしまったが、パートの身で、爪に火を点すようにして貯めた二人の娘の進学資金のほとんどが、レッスン料に消えてしまったのは事実なのだ。

これ以上払えない、と諦めた頃、優梨奈はようやくＭａｙｂｅ★Ｄｏｌｌという五人グループでデビューすることになった。これで一段階上がれた、と多佳子が安堵したのは言うまでもない。だが、デビューはできても、長い低迷期が続いて今に至っている。

多佳子が離婚したのは、優梨奈が小学校四年、次女の瑠実奈(るみな)が小学校に入学した年だった。気付かないうちに、夫が多額の借金と複数の女を作っていたのだ。

夫の本質をまったく見極められなかった多佳子にも責任は多少あるはずだが、ともかく顔を見るのもいやだ、と発作的に別れてしまった。それからは、ゴルフ場の食堂で働きながら、二人の女の子を育ててきた。

生活に余裕などあるはずもなかった。それでも何とか生き延びられたのは、近在で農家をしている実家から米や野菜をたっぷり貰えるので、食べ物には事欠かなかったことに尽きる。勤務先のゴルフ場の食堂でも、余った総菜や調味料などを始終持ち帰ることができた。田舎に住んでいれば、何の刺激もない代わりに利点もあるのだ。

せっかくゴルフ場で働いているんだから、娘のどちらかはプロゴルファーにでもしたらいい、と同僚たちにお節介をされそうになったこともある。でも、長女が選んだのは「アイドル」という職業だった。

近所の人や同僚たちから、優梨奈が東京で何をしているのか、と聞かれる度に、多佳子は「芸能関係」と曖昧に答える。すると決まって、「芸能界に入ったの？」と驚かれる。

けれども、それは間違いではない。優梨奈は「スマイル・マイル」という事務所に所属する、れっきとした「アイドル」なのだ。テレビにも雑誌にも出られないマイナーな存在だとしても、「芸能界」という世界に身を置いているのは事実だ。

芸能界にいるからには、何としても知名度を上げて売れるようにならねばならない。いつまでも持ち出しでは情けない。「アイドル・エクスプロージョン！」なる催しが何かは、まったく知らなかったが、優梨奈の喜びようからすると、どうやら娘のグループは、また新たな前進を遂げたようだ。

普段は仲が悪く、互いに口も利かないというメンバーたちが、抱き合って嬉し泣きをするほどなのだから、よほど重要なイベントへの参加が決まったのだろう。これは絶対に応援しに行かねば、と多佳子の肩にも思わず力が入る。

瑠実奈に、東京に優梨奈の応援に行くよ、と言ったら、自分も行きたいとねだられたのには驚いた。絶対に嫌がるだろうと思っていた。

「るみも行く。お姉ちゃんばっかでずるいよ」

中学三年の瑠実奈は、東京でアイドルをしている姉が羨ましくて仕方がないのだ。姉よりも自分の方がはるかに才能もあるし、容貌も優れているのにどうして、と不満に思っているらしく、言葉の端々に僻み(ひが)が出る。

「お姉ちゃん、すごく頑張ってるんだから、ずるくはないんじゃない」

優梨奈を庇うと、たちまち瑠実奈は不満で頬を膨らませた。

「ずるいよ。だって、お母さんのお金、全部遣っちゃったじゃんよ。るみの分だってあったのに」

眉の上で切り揃えた前髪は、アイドルグループの誰かに似せた髪型らしい。

「仕方ないでしょう。お姉ちゃん、頑張ってオーディションに受かったんだから、レッスンして、いろんなこと習わないと遅れちゃうじゃない。せっかく社長さんが認めてくれたんだから、申し訳ないし」

言い訳しても、瑠実奈は納得がいかないらしい。

「でもさ、あたしの分、それでなくなったじゃん」

多佳子は呆れて瑠実奈を睨んだ。困った時は助け合うのが家族ではないか。家族の中からアイドルになれた人間が出たのだから、皆でもり立てるべきではないか。

「大丈夫、今にお姉ちゃんが稼いで返してくれるよ」

「そうかなあ。あんな売れないんじゃ、リームーじゃね？」

「リームーって何」

「無理ってことだよ」

瑠実奈の意地悪な言い方に、思わずかっとして注意した。

「そんな言い方よしなさいよ。まだデビューしたばっかじゃないの。一年くらいしか経ってないんだから、この先わからないよ」

「一年も経ったじゃないよ。老い先短いんだから、そろそろ交代だよ。ねえねえ、あたしが中学卒業したら、いったいこのうちはどうなるわけ」

瑠実奈は呆れたような声で言う。

「どうなるって」

「あたしはどうなるのかってことだよ」

「高校に行くんでしょう」

「高校に行ってたら間に合わないじゃん」

多佳子は驚いて次女の顔を見た。泣きそうになっている。

「るみちゃんもアイドルになりたいってこと？」

「なりたいよ、決まってるじゃん」瑠実奈は涙を堪えて声を張り上げた。「だけどね、あたしはお姉ちゃんみたくマイナーな会社じゃなくて、ちゃんと大手のプロダクションに入って、ＡＫＢとかももクロみたくなるからね」

優梨奈が聞いたら、どれほど傷付くかしれない。多佳子は次女をたしなめた。

「ゆりちゃんだってわからないわよ。今度のイベントで認められて有名になるかもしれないし、そんなこと言っちゃダメよ」

「あのMaybeが？　あり得ない。ダサい子ばっかじゃん。歌だってパクリっぽいし、踊りもターへだよ」

瑠実奈は長い髪をいじくりながら、馬鹿にしたように叫ぶ。

「そうかな。お母さんはみんな可愛いと思うけど。それに、すごいイベントに出られるんだからいいじゃない」

「レッスン料とかたくさん払ったんだから当たり前だよ」

瑠実奈は顔色ひとつ変えない。

「お姉ちゃんを応援してあげなよ。東京で一人頑張ってるんだから」

「あたしだって東京でアイドルできるなら行くよ。一人だって平気」

瑠実奈はきっぱり言う。こちらの方がよほど気が強くて根性がありそうだ、と多佳子はたじたじとなった。

「じゃ、どうするの」

「あたしもオーディション受けるよ。だってさ、地方にいるんだから、オーディション受けるよっか仕方ないじゃん。渋谷とか歩いててスカウトされたり、とかあり得ないんだからさ。それって悔しいけど、仕方ないじゃん。あっちゃんは千葉だし、こじはるは埼玉でしょう。絶対に東京のそばに住んでる子の方が有利なんだよ」

瑠実奈は多佳子の知らないアイドル名を挙げて悔しそうに言った。自分もアイドルになりたいというのはどうやら本気らしい、と多佳子は戦いた。レッスン料と言われても、どこをどう叩いても出せない。

「そっか、るみちゃんもアイドルになりたいんだ」と、溜息混じりにつぶやく。

「誰だってなりたいよ。あたしなんかもう中三じゃん。十五だからこれからデビューしたって遅いくらいだよ。お姉ちゃんなんか今十八で、じきに十九でしょう。もう終わってんだよ。それにMaybeのメンバーって、歌がうまい子は踊りがターへだし、踊りがうまい子は顔が悪いでしょう。完璧な子が一人もいないんだもん。もっともっと歌だって踊りだって頑張ればいいのにさ、さぼってんだよ」

頑張れば上に行けるというものでもあるまい、と多少は世間を知っている多佳子は思う。だが、ライバル心を剝き出しにしている瑠実奈に、今そんなことを言ってもリームーだろう。派手な仕事をしている姉がいると、そばで見る夢も風船のように膨らむらしい。

「振り付けだってさ、ダサいんだよ。もっと派手にすりゃいいのに。こんな風に」

瑠実奈が、AKB48の歌を口ずさみながら、踊りの真似をしてみせた。

「へえ、うまいわね」

多佳子は素直に褒めた。この子もいずれは優梨奈の後を追うのだろうかと思いながら、瑠実奈の細い首や、華奢な手首を眺める。確かに、瑠実奈は、姉より骨細で顔も可愛い。自分でもその差がわかっているのか、瑠実奈はますます姉を馬鹿にするのだった。

イベントの前売りチケットは売り切れていた。これまでのライブは、数十人も入ればいっぱいになるような小さなライブハウスばかりだった。多佳子は、Ｍａｙｂｅ★Ｄｏｌｌ目当ての客など、ほとんどいない場しか目撃してこなかったから、前売りが売り切れるほどの人気イベントに娘が出られるかと思うと、逆に嬉しかった。

優梨奈の所属している事務所に頼めば、チケットの手配をしてくれるかもしれないが、多佳子は娘の晴れ姿をそっと片隅で眺めていたいので、当日券を目当てに早めに行くことにした。

土曜日を一日休みたい、と勤め先のカントリークラブに言うと、案の定、土曜はかき入れ時だと嫌な顔をされた。しかし、法事だと嘘を吐いて、強引に休みを取った。

当日は、朝から雨降りで寒かった。多佳子は瑠実奈を伴って、朝早く家を出た。ゴルフ場の方は、雨降りのおかげで休業状態になったから気が楽だったが、何とも気が滅入るような一日の始まりだった。

本降りで底冷えがするのに、瑠実奈はショートパンツに黒いニーハイソックス、ハイカットのスニーカーという格好だ。膝上から太腿まで、素肌を露わにしているので、見ている方が寒い。

だが、瑠実奈は、ユニクロのダウンジャケットなんてダサいから、東京に着いたらすぐに脱いじゃう、と言う。髪は耳の上で左右に結わえたツインテール、セーターとお揃いの白いリボンを結んでいる。まるで小学生のようないでたちだった。

在来線、新幹線、中央線と乗り継ぎ、イベント会場の吉祥寺駅に着いたのは、開場の一時間前だった。地図を片手に向かったが、若い男たちが大勢集まっているので場所はすぐにわかった。目当てのライブハウスは雑居ビルの地下にある。

雨の中、地下に下りる階段に、若い男たちが列を成していた。彼らは皆、優梨奈たちを見に来ているのだ。ありがとう、ありがとう。多佳子は感激して誰彼となく握手して回りたかった。

「雨なのに、こんなにたくさんのお客さんが来てくれてるのね。嬉しいわ」

瑠実奈の返事は素っ気ない。

「何言ってんの。お姉ちゃんにじゃないよ。みんな目当てのグループがあるんだよ。Ｍａｙｂｅ目当てなんて、この中で五人もいないんじゃね？」

それでも、礼を言いたい気持ちで彼らを見回すも、誰もが皆、傘の中でグループの写真が載っているフライヤーを凝視しているか、スマホを眺めているではないか。その行動の同一さが怖ろしいくらいだった。中には、自分とそう歳の変わらない中年男もいる。

「今日は『東京女子界』とかが出るから、そっちだと思うよ」

瑠実奈がフライヤーを見ながら言った。多佳子も、老眼になりかかった目を細めて、ノライヤーを一心に眺めた。全部で十五グループが出演して、優梨奈のいるＭａｙｂｅ★Ｄｏｌｌは五番目だ。

「東京女子界」はその前の四番目の登場。アキバ系とやらの女子六人組で、とても人気があるらしい。写真を見ると、全員黒のメイド服に白いエプロン。瑠実奈と同じく前髪を切り揃えてふたつに結わえた髪型をしている。

瑠実奈はいつの間にか、白いセーターとショートパンツ姿になっていた。待っている男たちの中には、ちらちらと瑠実奈の方を見る者もいる。瑠実奈はそれを期待して、小学生のような格好をしてきたのかもしれないと思うと、我が娘の逞しさに圧倒される。

もしや、瑠実奈の方が「アイドル」に向いているのではないか。多佳子には、才能がないのに頑張っている優梨奈を応援したい気持ちの方が強かった。不器用な優梨奈は明らかに自分似で、派手で要領のいい瑠実奈は、顔も性格も別れた夫にそっくりな気がするのだ。

「るみちゃん、当日券のこと聞いてきて」

つい口調が強くなるのは、どこか次女に苛立っている証拠のようだ。

「何であたしが行くんだよ」

文句を垂れながらも、外面のいい瑠実奈は受付に聞きに行って、整理券を貰ってきた。どうやら並んでいれば入場できそうだ。ほっとした多佳子は、列から外れて踊り場にある喫煙所でタバコに火を点けた。

「今日出る子のお母さん？」

隣でタバコを吸っている男が多佳子に話しかけてきた。横柄な口調に驚いて顔を見ると、三十代は半ば過ぎの、黒縁の眼鏡を掛けた男だ。

黒のパーカーにジーンズという平凡な服装をしている。若くはないので、このイベントにいるということは、プロダクション関係者かもしれない。迂闊な対応はできない、と踏んだ多佳子は、丁寧に頭を下げた。

「はい、そうなんです。Ｍａｙｂｅ★Ｄｏｌｌっていうんですけど」

「へえ、Ｍａｙｂｅの。どの子のお母さん？」

男が身を乗り出してきた。眼鏡の奥の目が好奇心で光っている。

「一番右端の若月ゆりなっていいます」

「ああ、ゆりなちゃんか。はいはい、いい子なんだけどね」

途中で言葉を切ったのが気になる。

「いい子だけど何ですか」

「ほら、もうじき十九でしょう。ヘンな大人の色気が出てきてるよね。それ、俺たちが一番苦手なヤツなんだよな」

はあ、と多佳子は煙を吐いてタバコを潰した。

どうやら、ただのファンのようだ。馬鹿馬鹿しくなったが、お客様が一番大事です、とプロダクションの社長に言われ続けている、と優梨奈から聞いたことがあるから、無下に立ち去るのも躊躇われた。

「それからちょっと声低いでしょ。もっとオクターブ上げて喋った方がいいすよ。その方が可愛いし、元気っぽいから」

男は多佳子の表情にも気付かず、喋り続けている。

「ありがとうございます。伝えておきます」

「はいはい、頑張ってね。応援してますよ」

一応、礼を言って列に戻ったが、何となく不快だった。この会話が縁でより熱心なファンになってくれるかもしれないが、優梨奈はまだ十八歳だ。それなのに、どうしてこんな年を食った男に「もうじき十九」なんて言われなくてはならないのだ。

一瞬、怒りを感じたものの、これが人気商売の姿なのだ、と厳しい業界に身を投じた長女が哀れに思えた。

当日券を買う時、どのグループを選ぶかと聞かれ、迷わず「Ｍａｙｂｅ★Ｄｏｌｌ」と答えた。チケットの売り上げの一部がグループに支払われ、それがギャラになると聞いては、何度でも答えたいくらいだ。瑠実奈も、渋々とはいえ姉のグループ名を告げたようでほっとした。

優梨奈が出演するライブハウスには何度も来ているが、こんなに大きなハコは初めてだ。大音量の中、百人近い若い男たちが立ったまま体を揺らしていた。目当てのグループではないのか、後ろで声高に喋っている男たちも多い。

ステージ上では、赤いドレスに白いエプロン姿の二人組の女の子が歌いながら踊っていた。あまり息が合ってはおらず、踊りも下手でどたばたしている。男たちの中には露骨に笑っている者もいた。

一番後ろにPAのブースがあって、その前に客の荷物が雑然と積み重ねて置いてあった。数人の男が自分の荷物を探し出しては、人前で裸になり、汗まみれの服を取り替えたり、目当てのグループのTシャツに着替えたりしている。

その中の一人と目が合った。先ほど喫煙所で話した男だ。眼鏡を掛けた、これと言って特徴のない顔。勤め人の格好をしたら、きっと見分けが付かないだろう。白い裸の腹がぶよついているのが見えたので、慌てて目を逸らした。

再び男に目を遣ると、「東京女子界」と大書した黄色いTシャツに着替えていた。首にはタオルを巻いている。何だ、「東京女子界」目当ての客に、あんな偉そうなことを言われたのか。不快さが増した。

やがて、「東京女子界」がステージに現れた。一段と客席が盛り上がり、ラウンジで待っていた客がなだれ込んで来たため、一気に人口密度が上がる。同時に、饐えた汗の臭いが鼻を突いた。

「今日は雨の中、ありがとうございまーす」

甲高い声でセンターの女の子が叫ぶと、メンバー全員がきれいに揃って「ありがとうございまーす」と唱和する。聴衆の男たちも「おーっ」と手を振って応える。

「盛り上げていきますので、よろしくお願いしまーす」

あとは歌と踊りと、男たちの手拍子とで騒然となった。どこに隠し持っていたのか、色とりどりのサイリウムがあちこちで振られて、ステージ前では、熱心なファンがグループの女の子に触らんばかりに盛り上がっている。

多佳子には喧しい音としか思えないが、観客の男たちは熱狂して汗だくになっているではないか。さっき着替えていた男も、皆に交じって手を挙げ、時折タオルで顔の汗を拭いている。

「すごい人気だね」と、瑠実奈が囁いた。「みんな可愛い。いいな、ああなりたい」

確かに、「東京女子界」の女の子たちは、全員がアニメから飛び出してきたかのように、顔が小さくて体が細く、とても愛らしかった。レースのニーハイソックスをはいた脚も長くまっすぐ伸びている。優梨奈のような鈍くさい子とは少し違う、と親ながら思う。歌も踊りもかなりレッスンしているらしく、ぴったり息が合って文句の付けようがなかった。

こんなに上手で可愛くても、さらにその上に、ＡＫＢ48やももいろクローバーZがいるのか、と思うと気が遠くなる。

　優梨奈は、いったいどれだけ階段を上らねばならないのだろう。もうじき十九歳ということは、間に合わないということか。多佳子にも焦りに似た思いがある。

「東京女子界」のライブが終わると、それまで騒いでいた男たちが我先にと出て行ってしまったのには驚いた。次はいよいよＭａｙｂｅ★Ｄｏｌｌだというのに、どこへ行くのだろう。

　ラウンジを覗くと、観客の大半は、「東京女子界」の握手会と物販のために並んでいるではないか。

　落胆して会場に戻る。百人以上はいて熱気を孕んでいた場内は、三分の一以下になって隙間が目立った。多佳子はその間隙を埋めたくて、なるべく広い空間を見付けて真ん中に立った。瑠実奈はどこへ行ったのか、姿が見えない。

　やがて、Ｍａｙｂｅ★Ｄｏｌｌのメンバーが現れた。小さな赤いブラウスと、ブルーの短いスカートをはいている。以前は、紺色のジャケットに白いミニスカートの清楚な制服姿だったのに、お臍がはっきりと見えるチアガール風の大胆なコスチュームに変わっていた。

　前の制服の方がよかったのに。そう思いながら、多佳子は娘のややデベソ気味のお腹を眺めた。優梨奈は、母親がいることに気付かない様子で、懸命に歌い踊り、明るく見せている。

しかし、どんなにメンバーが一生懸命歌っても、間違わずに踊っても、明らかに「東京女子界」とは勢いも歌唱力もスタイルも美貌も、すべてにおいて差があった。一番前で、手を振る男もたった二人しかいない。

二曲歌い終えたところで、MCが始まった。メンバー一人一人が、自分のキャッチフレーズのようなものを言って自己紹介する趣向らしい。

「あたしは何ごとにも全力で向かいまーす。よろしくお願いしまーす」

「あたしは会場の皆さんとひとつになりたいでーす。よろしくお願いしまーす」

「あたしは夢に向かって走り続けまーす。よろしくお願いしまーす」

「あたしは完全燃焼したいと思いまーす。ありがとうございます」

優梨奈の番になったので、多佳子は息を詰めた。何と言うだろうか。

「お客様は神様でーす。神様ー、よろしくお願いします」

少し笑いがあったが、ウケるというほどではなく、むしろ薄ら寒い雰囲気の方が強かった。

「いててて。あーあ、お姉ちゃん、やっちまったよ」

いつの間にか戻って来た瑠実奈が多佳子に囁いた。

「何をやったの」

「完全にすべってんじゃん」

「そうかしら。目立っててよかったじゃない」

けれども、多佳子の目にも、他のメンバーが白けたように視線を落としたのが見えた。最後の曲になったが、優梨奈は今の発言で完全に落ち込んだらしく、あまり笑えていないのが傍目にもわかる。

ライブの後は、物販がないので握手会のみだ。それでも二十人以上のファンが並んで、目当ての女の子と握手している。優梨奈の前にも三人並んでいたのでほっとする。

「お母さんと話していた人いるよ」

瑠実奈に肘で小突かれて、多佳子は驚いた。先ほどの「東京女子界」のTシャツに着替えた眼鏡の男が、ちゃっかり優梨奈と話している。優梨奈は男に何度も最敬礼してから、目を押さえた。泣いているようだ。あの男に嫌なことを言われたのではないか。気になって仕方がない。

Ｍａｙｂｅ★Ｄｏｌｌの握手会はあっという間に終わった。楽屋に引き揚げて行く優梨奈の背に、多佳子は話しかけた。

「ゆりちゃん」

「あ、お母さん」振り返った優梨奈は、涙ぐんでいたらしく目が真っ赤だった。「来てくれたの。嬉しい」

「るみちゃんも一緒よ」

「ええ、るみちゃんも？」

二人してラウンジを振り返る。すると、瑠実奈は件の眼鏡の男と、何か楽しげに話し込んでいる。多佳子はこっそり男を指差して、優梨奈に尋ねた。

「どうしたの。あの人に何か言われたの」

優梨奈は子供っぽい仕種で目尻の涙を拭きながら、首を横に振った。

「ううん、励まされたの。あの『お客様は神様です』って発言とてもよかったよって褒めてもらった。そんでね、きみたちは夢の奴隷なんだから、僕たち神様が解放してあげるんだよって。それを聞いたら、泣けてきちゃって」

当たっているような気がしないでもないが、何かが違うようでもある。

多佳子は急に不安になって、瑠実奈の方をもう一度見遣った。だが、次女の姿はない。長女もさっさと楽屋に消えて行くところだった。二人の娘を見失ったようで寂しかった。

こんな男たちが神様なのだろうか。多佳子は若い男の汗と雨の湿気とで、饐えた臭いが充満するラウンジを見回した。

（文春文庫『奴隷小説』に収録）

おかきの袋のしごと

津村記久子

津村記久子（つむら　きくこ）
1978年大阪府生まれ。2005年『君は永遠にそいつらより若い』で太宰治賞を受賞し小説家デビュー。08年『ミュージック・ブレス・ユー!!』で野間文芸新人賞、09年『ポトスライムの舟』で芥川賞、11年『ワーカーズ・ダイジェスト』で織田作之助賞、13年『給水塔と亀』で川端康成文学賞、16年『この世にたやすい仕事はない』で芸術選奨新人賞、17年『浮遊雲ブラジル』で紫式部文学賞、19年『ディス・イズ・ザ・デイ』でサッカー本大賞を受賞。

ストレスに耐えかね前職を去った私は、隠しカメラを使った小説家の監視や巡回バスのアナウンス原稿づくりなど、マニアックな仕事を職安の相談員に紹介されるが、どちらも長続きせず次の職場を探し始める――。

相談員の正門（まさかど）さんの意見も、私の素人（しろうと）考えとほとんど一致したもので、転職の意思は固まった。次の会社も契約社員ではあるのだが、時給が１５０円高くて健康保険があることが、前のバス会社とは大きく違っているところだった。

「でも、すごく働かされるとか、不当に大きい責任を負わされるとか、そういうことはありませんかね」

「それについては調査をしましたが、特にその会社について当局に苦情が寄せられたという事例はありませんでした」

パート募集の求人票を出して欲しいという依頼が、だいたい半年に一度あるのだが、離職が頻繁にあるわけでもなく、現在働いている人と面談しても、特に不満は出てこなかったという。

私がバス会社の広報部長から紹介された職場は、創業四十年の米菓の製造業者だった。要はおかきを作っている会社である。地元の、小売りのおせんべい屋の二代目が、もっとおいしいものを！　という志を持って、作る側に回るべく、倒産寸前のメーカーを買い取って興したらしい。名前を聞いて、誰もが知っているというわけではないが、スーパーでは有名企業の間に挟まれながらもしっかりと売り場が確保されており、固定ファンも少なからずいるという、堅実そうな企業だった。私は、どちらかというとしょっぱい味のものならスナック菓子を好むので、自ら進んでおかきを購入する人間ではないのだが、正門さんは「私はよく買って帰って食べています」とのことだった。おいしいんですか？　と訊くと、おいしいですよ、大判の揚げせんいか&みりんがおすすめです、と言う。そう言われてみると、うちの家でよく母親が食べているような気がする。

広報部長は、前のバスのアナウンスの文言を作る作業に「似たところのある仕事」という、わかったようなわからないような説明をしていたのだが、正門さんが詳しいことを問い合わせたところによると、「おかきの袋の話題を考える仕事」であるとのことだった。

「外注はしないもんなんですかね、そういうの」

「我が社にとってとても重要な仕事なので、べつの仕事と並行してやってもらうのはちょっと、っていうのが社長さんのお話でしたね」

「おかきの袋についてばっかり考えてほしいってことでしょうか？」

「まあそうなりますね」

私は、「とても重要な仕事」という言葉に重圧を感じながら、それを察知したのか、正門さんは、まあ社長と会うだけ会ってみられたらどうでしょうか、どうしてもできそうにないということであれば、辞退ということにしていただいても結構ですし、と言う。

「だからといって、一度社長に会っちゃったら、もとのバス会社に戻るっていう選択もできないでしょう」

「まあそれはそうなりますね」

「困ったなあ」

困ったも何も、仕事をし続けていかなければならないところは変わりないため、前に進まなければならないのだが、あんまり会社にとって大事なことは任されたくないなあ、と思った。循環バスのアナウンスを考える仕事は、それなりに重要な仕事であったと解釈しているのだが、採用の段階でそんなプレッシャーをかけられた覚えもないし、江里口さんという頼りになる先輩もいた。

「仕事を教えてくれる人が、ちゃんとした人ならいいんですけどね」

私が言うと、正門さんは、手元の書類を見てやや首を傾げる。

「原則的には一人でやる仕事であるとのことです。前の方は、四十三歳の男性で、今は鬱病で休職中だそうです」ありえない、ありえない、と私が首を振ると、正門さんはそれをいさめるように手を伸べて軽く振った。「原因は、婚活での疲弊によるもの、と。鬱病で休職ということを申告するのには正直さがありますし、理由も妥当かとは思われますが」

のが妥当な理由かはわからないけれども、とにかく会社とは関係ないのか、と私は思った。

無理に面談に行けとは申しません、と正門さんは付け加えた。婚活で疲弊して鬱という

＊

六十代後半と思われる社長は、かなり熱の入った様子で商品を紹介してくれた。まるで私が、求職者ではなく、どこかの大手のスーパーのバイヤーだと勘違いしているのではないかという勢いだったが、会社のモットーは、『お客様と社員、それぞれの幸せのために全力を！』とのことだったので、社員の候補である私も、その全力の対象に入っていたのかもしれない。

「わたしはね、うちの全部の製品が大好きですが、強いて言うとこのＢＩＧ揚げせんいか&みりんが好きですね！」

社長は、事務机の真ん中に置いた自社製品が詰め込まれたかごの中から、個包装された大きめの揚げせんべいを取って、私にすすめてくる。正門さんが言っていたやつである。

私は、はあ、とうなずきながら袋を剥く。ＢＩＧというだけあって、私の手のひらぐらいのサイズがある。社長によると、揚げせんべいは、だいたい直径４～５センチぐらいのサイズで、何枚も口に運びたくなる味のわりに、袋に手を入れる回数が多くなったり、個包

装であっても小さめであるため、食べることに煩雑さを感じるお客さんもいらっしゃるのだが、このBIG揚げせんいか&みりんは、いちど袋を剥くとなかなか食べ終わらないし、袋の部分を持って食べればいいので、手も汚れなくて良い、とのことだった。また、いかみりん味のものは、でんぷんが原料のぺたんとしたものが大多数を占めるが、ごつごつした揚げせんべいにいかみりんの味を付けて欲しいという潜在的な要望も多くあり、この味が出せるのは弊社だけなのです、という。社長の説明を聞きながら食べたBIG揚げせんいか&みりんは、かなりおいしかったように思う。

「大きいのでね、お好み焼きソースとか、マヨネーズをかけたり、アレンジもしやすいのです」

さらに青のりや削りぶしなどをのっけたレシピを、公式サイトで公開しているとのことだ。砕いてお茶漬けに入れてもOKであるという。その際も、個包装であるため、袋の上から砕けばいいので便利です、と社長はとても素晴らしいことであるかのように言った。

「他におすすめはね、薄焼き納豆&チーズかな。おいしいですよ」社長はまた、かごの中から、薄焼きのおせんべいの上にチーズと納豆がのったおかきを取り出して、私の前に置いてくれる。「納豆にはこだわりがあって、においの少ないものを使っています。この商品には固定ファンが多くて、年に一度、期間限定でプラスわさびというシリーズを出しているんですが、そちらの評判も上々です」

でも、どのおかきもおいしいですようちは、私をはじめ、社員が食べたいものを作って売り出していますから、と社長は胸を張る。薄焼き納豆&チーズもやはりおいしいので、なるほど、そのように振る舞う理由もわかるなと思う。

「それで、おかきを食べる時は楽しくないといけないと思うんですよ」

「はあ、それはもちろん」

「おいしかったし、楽しかったし、それに加えて、得したな、とも思ってもらえるような商品を目指しておりまして」

袋の裏側を見てください、商品名が印刷されていないほう、と唐突に指示されたので、私は手元にあったＢＩＧ揚げせんいか&みりんの袋を裏返す。『ヴォイニッチ手稿』という、おかきの袋にはそぐわない文字の並びが飛び込んできて、私は刮目する。

『世界の謎（17）ヴォイニッチ手稿：１９１２年にイタリアで発見された、未知の言語で書かれた文書。植物や女性などの美しい挿絵があるものの、文章として何が書かれているのかはまだ解読されていない。暗号とも、楽譜とも、体裁だけのでたらめな文字列であるとも言われている』

なんとなく、どこかで目にしたことのある話題ではあったが、おかきの袋の裏で遭遇するようなものではないことは理解できる。（17）とのことで、他のもあるのかとかごの中からべつのＢＩＧ揚げせんいか&みりんの袋を手に取ると、『世界の謎（６）：ジャージーデビル』というのも出てくる。かごに入っていた最後の一個は『世界の謎（13）：ロアノーク植民地』だった。

「どうです？ ちょっと楽しいし、勉強ができてお得じゃないですか？」

「ええ、まあ」

社長は、目を輝かせて、机から身を乗り出し気味にするので、私は勢いに押されるようにうなずく。そちらも見てください、と言われたので、薄焼き納豆&チーズの袋を裏返すと、『日本の毒のある植物（7）：スイセン』とある。見た目がすごく似ているのでニラと間違えないように、とのことなのだが、間違える人いるんだろうか、と思う。別の袋には『日本の毒のある植物（9）：シキミ』とあり、ハッカクと似ているが、シキミは抹香、ハッカクは甘い香りがするため、匂いで区別しろ、とのことだった。

「製品を袋まで楽しめるものにしたいんですね。お母さんが子供さんに教えたり、会話のない男女に束の間の話題を提供したり、ひとりでのんびりしている時の頭の隙間に入れてもらったり」

「なるほど」

方針は間違いではないと思う。ジャージーデビルだとか毒のある植物だとか、ちょっとぎょっとするネタなのだが、そういう陰のあるもののほうが話題にしやすいというのはわかる。お母さんが子供に、と言われると、それもどうかと思うんだが、私が子供の頃は、世界の有名な観光地や、四季折々の花々の話なんかより、世界の七不思議や毒のある植物の話が大好きだった。どうも前任者である四十三歳男性にも、社長にも、その辞書に無難という言葉はないようだ。

社長は、かごをひっくり返すように中身をどんどん出して私に見せ、これは独裁者シリーズで、インターネットで話題になりました、とか、これは六秒レシピといって六秒で読める簡単な料理の手順です、などと、袋に書いてある話題を紹介していく。

「弊社では、これを一手に引き受ける社員がいたのですが、リフレッシュ休暇中に始めた結婚活動で、女性のひどい裏切りに遭ったため、心身のバランスを崩してしまい、現在は休職中です」

あなたには、アホウドリ号のアナウンスを作っていた実績をもって、その穴を埋める仕事をしていただきたい、と社長は続けた。

「いや、アナウンスを作っていたのは主に先輩の方でして、私は裏方的なことをやっていただけなんですが……」

アナウンスの文言を考える時点ですでに裏方なのだが、「実績」と言われると私は江里口さんに対して完全にかすんでいる立場なので、簡単にはうなずけない感じがする。

「でも、梅風庵さんや森村ピアノ教室さん、エトワール占星術学院さんやZOZOサラダ工房さん、いしかわ血液内科さんなどのアナウンスを書かれたでしょう？　他にもたくさん」

「まあ、それは確かにそうです」

立て板に水という様子で、自分の関わった仕事について述べられると、それなりにうれしく、前向きな気持ちになってしまう。

「でしたらやはり、弊社が求める人材ということになりますよ」

社長は深くうなずき、失礼、と言いながら、机の中ほどに置かれたおかきのかごから、『磯辺の梅』と袋に書かれたおかきを取り出して、袋を破く。生地に海苔を練り込んで、梅肉で味付けをしたものらしい。普通にうまそうではある。すみません、と袋を渡してもらい、裏面を確認すると、『サイの豆知識：サイの角は、体毛が固まったものでできています。一度の妊娠で一子を産み、大事に育てます』と書いてある。

「どうでしょう？　うちでやってみませんか？」

私は、『磯辺の梅』の袋を表にして机に置き、そうですね、と答えた。

＊

『国際ニュース豆ちしき（89）プッシー・ライオット：モスクワを拠点とするパンクロックグループ。二十歳から三十三歳の、最大時で十一人の女性で構成。２０１２年2月、セスクワのロシア正教会の大聖堂にて、政権を批判する歌を歌ったため、ボーカリストの三人が逮捕された。うち一人は同年10月に無罪判決を受け、そして2013年12月に、残りの二人が釈放された』

『国際ニュース豆ちしき(90)タックス・ヘイブン:日本語では租税回避地。目立った産業などがないため、税金をなくす、もしくは極めて低い税金を設定して、海外の企業や資産家を誘致する国や地域のこと。モナコやサンマリノ、ケイマン諸島などが代表的。ヘイブンはhaven(安息地)であり、heaven(天国)ではないことに注意』

すべての袋裏の文言に目を通すという社長に見せに行くと、「パフォーマンスはわかりにくいので、歌を歌うにしてください」、「ヘイヴンよりはヘイブンの表記のほうが、お年寄りに向けては望ましいです」とのことだったので、そのとおりに直した。

出社してまず命じられたのは、前任者の清田さんという人がリフレッシュ休暇前に残していった仕事の続きに着手することだった。清田さんが休職直前まで取り掛かっていたのは、「国際ニュース豆ちしき」というシリーズで、『黒豆小判』という黒豆が生地に入った塩せんべいの袋にずっと印刷されてきたものだった。姉妹品に、『黒豆カレー小判』という商品がある。「国際ニュース豆ちしき」は、清田さんにとって入社以来手がけてきた、いわばライフワークのような位置付けの仕事だった、と昼休みに工場の女の人たちが教えてくれた。工場は、私が勤めることになった本社以外に、郊外にもう一箇所あって、本社では焼くおかき、郊外のほうでは揚げるおかきを作っているという。

「そんなに結婚のことで悩んでたんなら、私たちに相談してくれたらいいのにねえー」

社員食堂に来たものの、列の後方でおたおたしている私に、トレーとお箸を最初に取って陳列の小鉢を適宜集め、その日のメインを盛ってもらう、という社員食堂のシステムを教えてくれたパート勤務の寺井さんという人は、残念そうにそう言って、私の湯呑みにやかんからお茶を注いでくれる。私が取った小鉢は、きゅうりとじゃこの酢の物と昆布巻きで、今日のメインは親子丼だった。

「じゃあ、どなたか紹介するあてはあったんですか？」

「それはないけどー」

寺井さん他、五人のお昼ごはん仲間と思われる女性たちは、顔を見合わせてあっはっはと笑う。自分たちにあてはないのだが、清田さんが婚活の意思はさほどないかのように振る舞っていたのが水臭いと思ったらしい。正社員二名、パート三名で構成される寺井さんのグループは、清田さんとずっとお昼ごはんを食べていて、袋裏のトピックについてのアドバイスもいろいろしていたのだという。女ざかり中期〜後期の女性たちと毎日一緒にごはんを食べる四十三歳男性というのもなかなかいないだろうな、と思う。その話で、なんとなく、悪い社風ではないように感じた。

「ていうか、私たちの意見も反映されるんですよね」

そう言いながら、五人の女性の中で一番若く見える、パートの浦川さんは、紺色の大きなお弁当箱のふたを閉める。男の子のお下がりのようだ。え、どういう形でですか？　と訊くと、話題についての投票があるのよ、と他の誰かがすぐさま答えてくれる。寺井さんは、ここの会社はわりとよくそういうことするけどねえ、新製品の味を決める時とか、と付け加える。ぽっちゃりした寺井さんと対照的に、痩せていて小柄な、正社員の河崎さんという人は、でもあたし、刺激物だめだから、うすやきなっとうチーにわさびとかないわって、ラインの子を集めて組織票入れてやろうかと思ったんだけど、普通にうまいじゃないですかって相手にしてもらえなかったのよねえ、と早口で言う。えー確かにあれおいしいけどそんなすげない言い方したの誰よー、山村くんー？　いやーそれは言えないけどぉ、と話がどんどん展開していくので、私は、それをせき止めるように、袋裏のトピックって投票にかけられるんですか？　と訊く。五人の女性は全員、何をわかりきったことを、というような顔付きで、そうよ、そうよ、と口々に言う。おかきの味に関して、社長や社員が食べたいものを、というこだわりがあるのは聞いていたが、袋裏のことについても社員の意見を聞くとは予想していなかった。

「国際ニュースのシリーズ、終わっちゃうのかあ」

「あたし、あれで勉強してたんで息子の社会の宿題の答えを華麗に解いたことありますよ」

「うわ、尊敬されたでしょ」

「まあ、ちょっとは見直したみたいですね」

「私も息子に見直されたいなあ。でももう二十五歳とかだからなあ」

「あんたんとこ、前に安月給で悩んでるっつってたから、公務員試験とか受けさせたらいいのよ。一般常識の問題に出てくるわよ、なんかが」

「その手があったか！」

ない、ないよ。私は、丼を顔の前にもっていって、米の残りを掻き込む。かなりうまかったと思う。さすがに食べ物を取り扱う会社の社食というべきか。明日から楽しみだ、と思いつつ、まだ知らなかった新しい仕事の全容には、軽く不安を覚えた。

＊

私があてがわれた職場は、陽あたりのよい八畳ほどの部屋だった。社屋の一階の隅にあるのだが、一階の大部分は、「おかきミュージアム」と銘打たれた、社のこれまでの販売物や沿革、おかきについての豆知識などの展示室になっているため、一階で働いているのは私だけだった。受付というのはなくて、用事のある人は正門で守衛の福元さんに申し出て社屋に入り、用件の相手のいる階にエレベーターで向かう。私が働いている部屋は、エレベーターホールからおかきミュージアムをはさんでその裏側なので、ほとんど誰も私の部屋の近くにはやってこない。もし昼休みに、工場棟にある社食に行かなかったりすると、一日誰にも会わないという可能性だってある。今のところは、物珍しいのか社長が訪ねて来たり、決まった時間に総務の文具の注文担当の人が、何か欲しいものはないですかと訊きに来たりということがあって、部屋にいても完全に一人ということもないのだが。

袋裏に関するお客さんの反応は、お客様相談室の担当者がすべてのメールや郵便物を選り分けて、プリントアウトしたものを毎日日報に挟んで寄越してくれる。たいていは好意的な反応だが、『各県の県花のシリーズをお願い致します』という要望を書いた達筆な絵手紙が、この一年間毎週来ていると申し送られたり、『いつもソリッドな話題選びに感心しています。給料はいくらでもいいから、自分を雇ってください。そしたら連続殺人犯のシリーズをやります。第一回はエド・ゲインです。第二回はジョン・ウェイン・ゲイシーです。第三回はペーター・キュルテンです。第四回は……』という物騒なメールも受け取ったりする。

そういうんじゃないんだよね、と社長は言う。袋裏に関する声を整理して渡してくれる、お客様相談室の大友(おおとも)さんという三十歳ぐらいの女性も言う。社食で知り合ったパートさんたちも言う。あっと思って一瞬心をかき乱されたりはするんだが、残酷だとかスキャンダラスだとか、そういうのとは違う。うちの社の袋裏は。

私は、彼らの物言いにうなずきつつも、いつかその言葉が自分に向けられるのではないか、とふと思いついて、一人の部屋で気が滅入った。しばらくは、清田さんが残していった「国際ニュース豆ちしき」のリストの一つ一つを消化していく仕事で時間が埋まりそうだったが、その後の企画について、清田さんは何も残していかなかったので、私が考えるということになるのだろう。

今日は、『(91) ブラッター元会長』、『(92) エドワード・スノーデン氏』、『(93) ツングースカ大爆発』、『(94) ヤンキー原発』、『(95) マララさん』という項目について書いた。一つの話題につき、１４０～１６０字というと、短いしすぐに書けるようにも感じるのだが、十歳から九十歳までが不快感なく理解できるように、という社長の注文を守りながら書くのは、なかなか骨が折れた。ＦＩＦＡのブラッター元会長については、元世界ガーターベルト友の会の主宰でもあったということについて書きたかったのだが、社長はげらげら笑いつつも、そのうち真面目な顔になって、やはりおばあさんが顔をしかめると思いますね、と却下した。とにかく、小四とそのおばあさんが一緒におかきを楽しむ、というイメージが社長の中にはあるらしい。たぶん、社長の頭の中では、小四が十歳で、おばあさんが九十歳なのだろう。けれども、小学四年の子供のおばあさんが九十歳ということはあまりないんじゃないか、ということに気が付いて、進言すべきかどうかひとしきり悩んだ。九十歳のおばあさんに十歳の孫、という話と、世界ガーターベルト友の会の話を、なんとなく昼ごはんを一緒に食べることになった寺井さん以下五人の女の人たちに言うと、前者については「祖母が四十歳で母親を出産、母親が四十歳で子供を出産したのであればぜんぜんあり得る」という指摘があり、後者については、「私たちは笑ってしまうが、確かに小さい子供やおばあちゃんの前では気まずいかも」とのことだった。一人だけ、ガーターベルト友の会の記述については、離婚歴があるという正社員の玉田さんが強烈に推したのだが、もーあんたはやらしいんだからー、と冷やかされていた。おそらく私より二つか三つ年上のように見える彼女は、確かにちょっと色っぽい感じで、三か月前まで同じくバツイチの守衛の福元さんと付き合っていたのだが、福元さんが子供を引き取ることになったので、いったん別れたのだという。お互いに再婚を視野に入れて付き合っていたものの、前の奥さんが産んだ子供を育てるとなるとまた話が違ってくるので、もっとよく考えなければいけないということになったらしい。私も入って一週間足らずでなんでそんなことを知っているのか、という感じなのだが、彼女たちはどんどん自分の話をする。前の職場の先輩について知っていることが、女子大の山岳部出身ということだけだったのに比べると、えらい違いだ。

　私の前任者の清田さんとごはんを食べていたせいか、彼女たちは袋裏のトピックにとても関心があるようだった。仕事に興味を持っていただいてありがたいのですが、この会社は皆さんそうなんでしょうか？と訊くと、袋裏派と味派がいて、だいたいはどちらかに属する、という答えが返ってきた。

「ここだけの話だけど、味にこだわりすぎる人たちは、商品開発部とやたら飲み会をしたり、新商品の投票のためのロビー活動をしたり、けっこう疲れるのよ」

「でも河崎さん、薄焼き納豆&チーズにわさび足すっていう話になった時に組織票入れようとしてたって前に言ってたじゃないですか」

「この人はね、両方やってるのよ」

「いやいや、わさびがだめなだけだから、あの時だけよ。私は穏健な袋裏派」

穏健派とか過激派とかあるのか。彼女たちが勝手に言っているだけかもしれないが、いろいろと民主的に決めていきたい社風にも、対立したりする部分はあるようだ。

私は、腹をさすりながら、妙に漠然とした不安を感じながら社屋に戻った。社食のメニューは豚の生姜焼きで、今日もやはりおいしかった。おかきミュージアムの前を通ると、部屋の中央に置いてある長椅子に座って文庫本を読んでいる男性がいた。一緒に昼ごはんを食べている人たちは、あけっぴろげで楽しいけれども、毎日は疲れるかもなあ、とも思った。

＊

私がおかきの会社で働くようになって、母親は喜んだ。訳ありの商品をたびたび持って帰るようになったからだ。特に、『薄焼き納豆&チーズプラスわさび』を二袋持って帰ると、売ってる時期とそうじゃない時期があるのよ！　と喜んだ。そういえば以前、長く働いた前の前の前の職場を辞めて半ば引きこもっていた頃、しょっぱいものが食べたくなって、でも外に出るのもつらい、という時に、母親がおやつを隠している大きな缶を漁って、五枚ほど残っていた『薄焼き納豆&チーズプラスわさび』をすべて食べてしまったところ、貴重なのに！と激怒された記憶がある。そして以前、おかきを食べながら、あんたもあたしかお父さんがフリーメイソンだったら楽な仕事を紹介してもらえたのかしらねえ、などと突然言い出して驚いたことも思い出した。あの『フリーメイソン』は、おそらく、清田さんが書いた袋裏が元ネタだったのだろう。その袋の裏の話題を作ったり文章を書いたりする仕事をしている、と言うと、またややこしいことをやってるのねえ、と言われた。

清田さんがやり残した、「国際ニュース豆ちしき」のシリーズを、とりあえず次回の印刷分まで作成すると、いよいよ、私が新規の話題を作らなければいけない時がやって来た。社長との面談の時にも食べた、『磯辺の梅』が外装を刷新するとのことで、その袋裏も新しくすることになったのだった。以前のものは、「動物豆ちしき」ということで、清田さんが作った袋裏の中でも比較的ノーマルなもので、私は、今までの路線を踏襲した動物を探してきますよ、と社長に進言したのだが、いえ、せっかくですし、新しくシリーズを作りましょう、と社長は力強く言った。

私は、お茶漬け海苔の袋に入っていた浮世絵などのカードを集めていたことを思い出して、一つ目に、名画の紹介はどうでしょうか、と提案したのだが、これは明らかにしろうと丸出しだったと思う。社長は、それは印刷代がねえ、と笑って、それで終わりだった。まあ、それはそうだなと思う。『磯辺の梅』の袋は、中のおかきに含まれている梅肉が映えるように、濃い緑色の一色で刷られている。名画を紹介するからには、それなりに色数もいるだろうし、印刷代も上がるだろう。

名画についてはあまりに考えなしだったとしても、その後、今日は何の日？という、変わった記念日を紹介する案を出した時も、悪くないんですけど、食べる日を選びませんか？　と言われた。たとえば、六月に五月の記念日についての記事を読んでも、もはや来年のことだし、よほど興味深い話でない限りは話題にならないのではないか、とのことである。時期に合わせて印刷する袋を変えて出荷するにしても、どうしても細かいずれは出てきてしまうだろうという。やはり一理あるとは思う。なんだか社長のほうがよほど袋裏について考える権利があるような気がしたので、かなり真剣に、企画の大枠は社長に考えていただいて、細かい記事作りは私がしますけれども、いかがでしょうか？　と提案したのだが、社長は、いやいや私は年だし、と謙遜するばかりだった。年なら何が悪いのかわからないのだが、どうも、ある種の先鋭的な部分が失われると危惧している様子で、いや、それは前任の清田さんの特性であって、私は凡庸なことしか考えてない人間なんですよ、とはっきりと明かしたい気持ちにもなったのだが、それはそれでバス会社での仕事を買われた人間として稚拙だな、とも思ったので、伏せておいた。

なんでしょう、十歳から九十歳までを意識した上で、無難さは排除して、ニッチに徹するべきなんでしょうか、たとえばですけど、有名な心理実験について書くとか、と言うと、社長は、そういうのもありだね、とやや腰を浮かせ気味にしたので、私はあわてて首を振って極端な一例ですが、と付け加えた。社長は、我に返ったように、そうだね、確かに極端だ、と椅子に座りなおしたものの、なんだか残念そうではあった。

かくして、「ミニ国家紹介シリーズ」、「あのことばの由来シリーズ」、「ノーベル賞受賞者シリーズ」という三つの中から、新たな『磯辺の梅』の袋裏を、社内の投票で選ぶことになった。投票は、社員食堂の入り口に置いてある投票箱に、自分が推す袋裏の話題を書いて投入する、というシンプルなもので、全員に投票の義務があるわけではないのだが、昼休みにちらちら観察していると、けっこうな人数の人々が、備え付けの社用のメモ用紙に何やら書き込んで箱に入れていく。投票の期間は、五営業日と決められている。

投票箱は、お客様相談室の大友さんによって回収され、毎日集計されて私のところにワードでまとめたデータがやってくるとのことだった。初日に入っていた用紙は十二枚で、ミニ国家が6票、言葉の由来が2票、ノーベル賞受賞者が2票、「以前よりパンチがない」

が1票、「日本百名山はどうでしょうか？」が1票、という結果になった。私も、確かに日本百名山はいいな、と思いながら、「パンチがない」という言葉に軽く落ち込んだ。提案の段階の社長の反応を見て、物足りなさそうだなあ、とは思っていたが、断言されるとけっこうこたえる。次の日は六枚入っていてミニ国家が2票、ことばの由来が2票、ノーベル賞受賞者は投票なし、「もうちょっとおもしろいのないですか？」が1票、日本百名山が1票、という結果になった。ノーベル賞受賞者と日本百名山が、早くも2票で並んでいる。そのうち追い抜かれるかもしれない。

私は、引き続き「国際ニュース豆ちしき」の仕事を続けながらも、パンチがないとか、いっそ日本百名山に、といったことばかりが頭をよぎって、なかなか仕事が進まない、と昼ごはん仲間の人たちに打ち明けると、彼女たちは口々に、大丈夫よ！　とか、清田さんもときどき落ち込んでた！　とか、はじめからうまくいくわけはないですよ！　などと励ましてはくれるのだが、私が作ったトピックそのものを強く肯定する人はいなかったことが気に掛かった。実際、投票をした、という人は、五人のうち一人で、高校一年と中学一年の兄弟の母親であるという最年少の浦川さんが、ことばの由来に「息子たちの勉強の役に立つかも」という理由で投票したというだけだった。他の人たちは、大事なことなのでもう少し考えてみる、とか、いつも最終日に投票すると決めている、などと、早めに結果が出たほうが気楽な私にとっては渋いことを言う。変なお世辞を言わないよりは誠実な態度なのかもしれない、と思いつつも、やはり気になる部分はある。

「社長にねえ、ニッチなことが良かったらこういうのは、という例で、有名な心理実験っていうのを冗談で提案したら、けっこう反応が良くて」

「あーそれいいなあ」

何度も、はじめからうまくいくわけはない、と言ってくれた玉田さんは、箸を止めて目を細めるので、私はあわてて、でも五、六個で終わっちゃいそうなんで、と言い訳をする。玉田さんは、そっかあ、と残念そうにブロッコリーを口に運ぶ。寺井さんは、まあ、よそと違っててそこそこ個性的だったらいいものだから、うちの袋裏は、と慰めてくれたので、なんだか悪いような気もした。

はじめからうまくいくわけはないし、よそと違ってたらそれでいいのかもしれないけれども、さすがに最初からそんなふうに開き直るわけにもいかないと思う。『磯辺の梅』の仕事は、ぎりぎり及第点ということで終わっても、次はある程度それを上回らなければならない。

とりあえず、その日の「国際ニュース豆ちしき」のノルマをすませると、私は、前任者の清田さんの過去の仕事の振り返りに取り掛かった。パソコンには、清田さんの作ったテキストがそのまま保存されていたのだが、やはり実物を見てみよう、ということで、仕事部屋の隣のおかきミュージアムに出向くことにした。用を足しに仕事部屋を出る際に、通りがかりにときどきさぼっている人を見かけるので、少し気が進まなかったのだが、今日は運よくそういう人はいなかった。

おかきミュージアムは、中ぐらいの会議室ほどの広さで、四方の壁には、会社の年表とともに歴代の商品が年代順に並べられている。初期の頃のものはさすがに、ガラスケースの中にレプリカが納められているだけなのだが、この十年ぐらいの商品は、剝き出しで実物が展示してあり、三年前以降の発売のものに関しては、それぞれ、奥に外袋に納められた状態の商品と、手前には小袋にばらされたものが籐のざるに盛られている。フロアには、小学一年ぐらいの子供が覗き込める程度の高さの陳列ケースが置かれていて、ベーシックなしょうゆせんべいの各工程の姿が、食品サンプルと同じと思われるプラスチックの素材で再現されている。凝ってるな、と思う。月に一回、土曜日に工場見学を実施しているそうなので、その時にお客さんをこの部屋に連れてくるのだろう。

私は、去年の『薄焼き納豆&チーズ』の小袋を手に取って裏返してみる。「日本のふしぎな条例」というシリーズで、北海道の倶知安町というところの、「みんなで親しむ雪条例」という条例が取り上げられている。雪による生活の支障を町民たちで克服し、雪を資源として積極的に活用しよう、という条例らしい。もう一つ見たものには、「京都市清酒の普及の促進に関する条例」とある。その隣に置かれていた、『薄焼き納豆&チーズプラスわさび』は、「イラスト日本の野鳥」というシリーズで、サギやウなどのイラストが描かれてある。清田さんは絵心もあったのか。三年前の『BIG揚げせんいか&みりん』の裏には、各国の言葉で「助けて！」と「警察を呼びます！」という文言が書かれている。ロシア語で「助けて！」は「パマギーチェ！」といい、フィンランド語では「アウッタカー！」というらしい。『うにあられ　大きめ！』という、うにせんの袋裏は、「パスタソース100」というシリーズで、ボンゴレロッソとボンゴレビアンコの違いが述べられている（ロッソがトマトベース、ビアンコが白ワインベース）。今年のはじめの『黒豆カレー小判』は「世界の悪女」を取り上げていて、私が手に取った袋には、小アグリッピナとブラッディ・メアリについて書かれていた。他にも、「世界の独裁者」とか、「こんなものもおいしい、おにぎりの具」とか、「やおよろずの神様の話」とか、「少数民族に会いましょう」とか、清田さんが作ったと思われる袋裏のシリーズは多岐にわたる。

私は、うーんとうなりながら、さぼっている人がよく腰掛けている、ミュージアムの中ほどの長椅子に腰を下ろす。自分はこの人の後釜(あとがま)なので、今のところはこれほどまでではないとしても、まあそのうちには、このぐらいの仕事をしなければならないのだなと思うと、ちょっと気が遠くなる。楽しそうではあるのだが、いざ何かシリーズを作れと言われると、そんなには出てこないし、投票に懸けられるというのもなかなかハードルが高い。

しかし、これからの仕事に対するイメージの補充にはなったと思う。とりあえず、今日のところは、持っている仕事を明日に回して、清田さんが残していった仕事のファイルを片っ端から見直そう、と決めて椅子から立ち上がろうとすると、ちょうど誰かが別の入り口から入ってくるところだった。私はすばやく廊下に出て、トイレに行くのを装って、どんな人がさぼりに来たのかを軽く覗きに行く。工場の作業着を着た若い男の人が、展示のところから製品の小袋の入った籐のざるを持ってきて長椅子に座り、何気なく袋を一つ一つ熱心な様子で眺め始める。気晴らしになるのだろうか。私は、ちょっと身を正されたような気がしながらトイレに向かい、また仕事部屋に戻った。

＊

次の『磯辺の梅』の袋裏は、同着だったミニ国家シリーズと言葉の由来の決選投票の結果、「あのことばの由来」に決まった。作業の合間に、他の従業員と投票について何度か話し合ったという寺井さんたちによると、最初は、ミニ国家が楽しくていい、という意見が大勢を占めていたようだが、『磯辺の梅』は、この会社の商品の中でも、もっとも日本的なイメージのおかきなので、日本語のことをやったほうが映えるのではないか、という意見が出てくるようになると、皆そちらに流れたそうだ。

「そういえば、国語っぽいのは今までなかったんですよね」

自分の息子たちの勉強に勤め先で作っているおかきの袋裏の情報を役立てたい浦川さん

は、そんなことを言う。数学まではなかなか難しいとしても、国際ニュースや歴史上の人物などの社会科的な知識をはじめとして、三年前の「世界の言葉で助けてください」というシリーズで外国語、植物や野鳥のシリーズで理科もフォローしていた袋裏だが、国語に役立つようなものは今まで取り扱ったことはなかったらしい。そう言われると、なるほど、という感じはする。世界史の豆知識から料理のレシピにまで通じていた清田さんにも、興味が届かない部分があったということだ。

「どうでしょう、今までにない話題って推す気になります？」

この会社での従業員歴がいちばん長い寺井さんは、そうね、これまでの感じを踏襲してくれるんなら、と言い、自称袋裏派の河崎さんは、おもしろければなんでもＯＫ、二十五歳の息子がいる最年長の二瓶（にへい）さんは、不快感のないものならね、とちょっと肩をすくめ、最近また守衛さんとデートをしたという玉田さんは、むしろそのほうがいい、とうなずき、高校生と中学生の息子がいる浦川さんは、できれば勉強の役に立つものを、と答える。浦川さんは、おかきを工場から持って帰るたびに、袋裏を携帯で撮影して息子たちに見せているそうだ。彼らは、自分からそのデータを見せて欲しがったりはしないが、下の子のほうは、ときどき家にあるおかきの袋を自室に持っていくらしい。

「国語っぽいのがいいんですかね。文豪の紹介とか」

「そういうのもいいけど、名前とかどうかな？」

「名前？」

「変わった名前とか」

玉田さんは、笑ったかと思うと、ちょっと複雑そうに口元をゆがめて、またにやっとする。元彼なのか、今もそうなのか微妙な守衛の福元さんの子供である姉妹の名前が、変わっているのだという。深安奈ちゃんと澪璃亜ちゃんというそうだ。ミアンナちゃんとミオリアちゃん。普通に安奈ちゃんと澪ちゃんではだめだったのか、と訊くと、安奈では手ぬるいし、澪璃亜の名前の並びは宝石みたいだから、と守衛さんの元奥さんは言って聞かなかったらしい。守衛さんも、元奥さんの勢いに逆らえなかったそうだ。

あの人と一緒になったら、その二人の親になるのかあ、って思うのよね、ゲームのお姫様の名前みたいでかっこいいね、って言って怒らせたことあるし、と玉田さんはため息をつく。変わった名前のシリーズについてはなんとなく、やってみたい気もするけれども、いろいろと物議を醸し出しそうなテーマなので、私は、大変でしたね、と言うにとどめた。

今じゃクラスのどの子もそんな感じですよ、と浦川さんはさばさばと言う。

私は、自分が初めてテーマを決めて手掛けることになる、「あのことばの由来」シリーズのために、どの言葉を取り上げるかについて考えるために辞書を引きながら、今まで清田さんがやってきたことと、やってこなかったことについて考えるようになった。浦川さんが言うように、教科に当てはめて考えてみるのもいいかもしれない。私は、手近にあった裏紙のメモ用紙のいちばん上の紙に、「国語」と書いた。

＊

『あのことばの由来（10）ごちそう（ご馳走）：「馳走（ちそう）」とは、用意のためにかけまわるという意味。そのように対応するということが転じて、もてなしの意味を持つようになった』

『あのことばの由来（11）よこずき（横好き）：ある事を、うまくもないのに熱心でいるさまを示す「下手の横好き」の「横」は、本業からそれたものとしての「横」を示す』

『あのことばの由来（12）けいひん（景品）：「景」には「景色」の他に「風情」という意味もあるため、風情を添える品物として客に贈るものを意味する』

自分で設定したテーマでありながら、言葉の由来シリーズはけっこう骨が折れた。そして、ああそうか、「骨が折れる」も使えるかもな、ていうか「けっこう」もいけるな、とメモする。もはや「由来」もネタになりそうだし、「言葉」がなんで「葉」なのかでも大丈夫だ。そうやって、国語辞典と漢和辞典とインターネットを行き来し、結局なかなかまとまらずに次へ行く、ということを、この数時間何度も繰り返している。ミニ国家なら、サンマリノとかアンドラの情報をまとめるだけだったのになあ、清田さんは説明しやすいテーマをちゃんと選んでたんだな、と考え直しても今更である。ひとまずは、読み手を設定したほうがやりやすい、ということで、浦川さんの中二の次男向けに文言を作っているのだが、はたして新しい『磯辺の梅』の袋は自室に持って帰ってもらえるだろうか。

シリーズのテーマが従業員の投票に懸けられるという大きな関わりに翻弄されたかと思うと、一転、今度はおかきミュージアムの裏の部屋でひたすら文言を作る仕事に追われる。バスの会社でも似たようなことをやっていたといえばそうなのだが、あの時は、取材すべきアナウンスの依頼主もいたし、先輩の江里口さんもいたし、アナウンスを読んでくれる香取さんもいた。江里口さんの動向や娘の通学路など、常に何かを気にしている様子の風谷課長も、うざいといえばそうだったかもしれないが、話をする時は気晴らしになった。

今は一人である。社長に文言について相談したり、お客様相談室の大友さんがお客さんの意見を持ってきたり、昼休みに寺井さんたちと話をしたりはするけれども、基本的には誰とも話さずに作業をしている。ぜんぜん向いていないわけではないだろうが、なかなか記事を探しきれない時、探せてもまとまった文章にできない時は、自分がばかみたいに思えたし、給料泥棒め、と自己嫌悪に陥る。部屋がやたら陽あたりがいいのも、ときどきつらくなる。近所の図書館に行ってくださってもいいですよ、と社長に言われたこともあったのだが、実際に行ってみると、現実逃避で関係のない本にばかり目がいって仕事にならなかった。

しかし、いざ印刷されて袋が市場に出回ってみると、この仕事の良さというのも少しずつわかってきた。昼ごはん仲間で、検品を担当している二瓶さんと浦川さんが、袋裏を読んでいたら仕事の手が止まりそうになっちゃった、などと言ってくれたり、他のラインの人がそれをうらやましがってくれたり、大友さんがＳＮＳなどで、新装された『磯辺の梅』の袋についての反応を拾ってきてくれるのもありがたかった。評判は、「袋が変わったことに気付いた」という程度のものが大半を占めたけれども、中には、「なるほどと思った」とか「おもしろかったのでまたもう一袋買ってみようと思う」などという意見があって、とてもうれしくなる。

その後、『うにあられ　大きめ！』という商品の袋の改装が決まり、そちらの袋裏の話題も変更されることになった。そちらはいったん、前の投票での得票数も多かったし、ミニ国家でいこうか、という話になりかけたのだが、私が、玉田さんの話をヒントに、「知っていますか？　あなたの漢字」という、名前でよく使われているけれども意味がよくわからない漢字の紹介をするシリーズを提案すると、そちらもいいかも、となって、ミニ国家と一緒に投票に懸けられることになった。結果は、名前の漢字のほうに票が集まった。

この仕事で、言うなればなんとなく、摑んだな、という感じがしたのである。そんなふうに言うと、どうも傲慢な気もするのだが、とにかく私は、だんだんおかきの袋裏の文言を作る仕事が好きになってきていて、やりがいのようなものも感じるようになってきていた。一緒に昼ごはんを食べている二瓶さんの名前が、「佳乃」というのだが、早くに両親が亡くなり、名前の由来をちゃんと聞くことができなかったので教えてほしい、と言われたので、「佳」という字には、「うつくしい」とか「すぐれている」とか「よろしい」という意味がある、と第一弾で取り上げると、とても喜ばれて、仏壇に見本の袋を供えてくれたそうだ。ありがたい話である。昼休みにごはんを食べていると、寺井さんに訊いたんだけど、あなたが新しい袋裏を書いている人なんだってね、と声をかけられて自分の名前の漢字を調べてほしいと頼まれることも増えてきた。

そんな成り行きがあって、私はだんだん社長の袋裏にかける心意気や、清田さんが広範に知識を広げて、どんどん仕事をこなしていた気持ちが理解できるようになってきたのだった。更新が早い既存の「国際ニュース豆ちしき」と、「あのことばの由来」、「知っていますか？　あなたの漢字」の三つのシリーズと、他のシリーズについての文言を日々執筆しながら、次第に、目にするあらゆることがおかきの袋裏にならないかと考えるようになってきた。ある程度数があって、紹介の価値があるものとして、水滸伝の登場人物とか、日本の県庁所在地とその景勝地と名産品とか、刺繍のステッチの種類とか、アガサ・クリスティーの著作の紹介とか、テレビでアフロヘアのサッカー選手を見ると、「古今東西のかみがた」というシリーズを思い付いたし、社食でいろいろな野菜を揚げた天ぷらが出ると、天ぷらの具にできるもののシリーズはどうかというのも考えた。いい企画を考えられているとは思わなかったが、とにかく数撃ちゃ当たるというか、あれがだめならこれ、というメンタルはちゃくちゃくと育てていた。

その一方で、けっこう毎日のように、自分の名前の漢字を取り上げてくれ、と社食で声をかけられ、その後も、どういう意味だったのかとか、自分の友達も調べてほしいんだけれど、などと言ってきてもらえるので、私は、より人の役に立つものを、という視点でも話題を探すようにもなっていた。ただ及第点の仕事をこなす以上のことをしなければ、というわけである。

長く続けた前の前の前の仕事を、燃え尽きるようにして辞めてしまったので、あまり仕事に感情移入すべきではないというのは頭ではわかっていたが、仕事に対して一切達成感を持たないということもまた難しい。自分の仕事を喜ばれるのはやはりうれしいし、もっとがんばろう、という気になるのである。

今のあなたには、仕事と愛憎関係に陥ることはおすすめしません、と私を担当している相談員の正門さんは、最初のカウンセリングの時に言っていた。あまり大勢と関わって支柱の一つになるような仕事ではなく、毎日淡々とこなしていける仕事が良い、ということで、二つ前の監視カメラの見張りの仕事も、一つ前のバスのアナウンスを作る仕事も、このおかきの袋の仕事も正門さんの審査を通ってきたわけだが、どうも見込みが違う様子になってきた。

家に帰って自分の時間になっても、えんえんとネットサーフィンをしながら、これはネタになるんじゃないか、いや、項目の数が作れないからだめか、こっちはいけそうなんだけど、十歳には難しいかな、九十歳は顔をしかめるかな……、などとずっと考えている。それで不幸だとか体を壊すということはなかったけれども、私はじょじょに、正門さんの戒めを忘れて、おかきの袋裏について考えることにのめりこむようになっていた。

＊

『知っていますか？　あなたの漢字（さ行1）
佐：たすける。手助けをする。補佐をする。
惣：総じて、すべて。人名としては長男の意に用いられます。』
『知っていますか？　あなたの漢字（ら行2）
亮：あかるい。まこと。たすける。
玲：玉の鳴る響き』

美佐さんというのは寺井さんの名前で、惣一さんは浦川さんの旦那さんの名前、亮太さんというのは大友さんのお兄さんの名前、玲子さんというのは社長の奥さんの名前である。

「知っていますか？　あなたの漢字」は、自分で言うのもなんだが、かなりの好評を博した。大友さんが持ってくる、ネットやSNSでの反応も良かったし、名前の漢字の一部を取り上げさせてもらった従業員さんたちも歓迎してくれた。特に、社長の奥さんの玲子さんはとても喜んでくれたそうで、ある日、おかきミュージアムの裏の私の仕事部屋に、玲子さんがカルチャー教室で作ったというプリザーブドフラワーが届いた。その話を昼ごはんの時にすると、そりゃ相当喜んでんのね！　と驚かれた。玲子さんは、なんというか評判が悪いわけではないのだが、ちょっと性格が暗い人らしく、新年会で、習い事の友達を、新しくできた紅茶屋さんに誘うことができない、という話をして泣き出してしまったりしたらしい。そんなこと言われたってさ、べつに声をかけたらいいじゃないですかとしか言いようがないじゃない、と河崎さんが言っていた。でも断られたらもう教室に行けない、と玲子さんはなおも悲しげに言い募ったそうで、そんな人が自ら花を贈るなんて、けっこうなことじゃないの、とのことだ。

そんな、悪くもないのだが微妙な評価を受けている社長夫人の玲子さんだったが、社長への影響力はけっこうあるのか、袋裏についての企画を出すたびに、社長は、ちょっと妻に見せてみます、と返答し、次の日に、妻がすばらしいと言ってました、と報告してくるようになった。もはや今なら、最初の頃に没になった名画の紹介や、その他の企画でも通りそうな勢いである。社長は愛妻家なのだ。

昼ごはん仲間の人たちに、いっそあなたが玲子さんと紅茶屋さんに行ってあげたらどうかな？　などと無責任な提案をされ、いやいやまさか恐れ多い、と返しながら、そういう機会もこれからあるかもなあ、などとひそかに戦々恐々とし始めた折、かねてから開発されていた新商品の発売が決定した。

丸みを帯びた三角形で、粉チーズの絡んだごく小さいあられと海苔を振りかけた、やや薄いしょうゆ味のおせんべいだった。名前は、『ふじこさん　おしょうゆ』という。袋裏は、やはり私が考えなければいけないのだが、外部のイラストレーターさんに、ちょっと富士山に似た形の「ふじこさん」という、てっぺんの部分になでしこの花をあしらったキャラクターも作ってもらった。『ふじこさん　おしょうゆ』の外袋は、透明な部分のない和紙のような質感のもので、白を基調としており、おとなしくやさしげな「ふじこさん」が、袋の真ん中で目を閉じて微笑んでいる、という、穏やかさを全面的にアピールしたものに決定した。「ふじこさん」のイラストの上部には、「やまとなでしこのように　まろやかでおだやかチーズと醤油」なる、達筆で細い毛筆体の文言が添えられ、おせんべい自体の画像は、外袋の裏に回された。中身が見えない袋も、白を使うことも、キャラクターを作ることも、この会社としては初めてのことである。

新商品の、柔らかいイメージだが、今までと違うものを、というコンセプトは、商品開発の酒本さんのお姉さんの話が関係しているという。不登校の娘さんとどうやっていくかについてが常に頭から離れず、会社での仕事にも支障をきたし始めたお姉さんが、自分自身も休職ということになった時に、昼間から妹からもらうこの会社のおかきを食べながらテレビの録画（世界の山の風景を紹介する、環境動画っぽいものだったという）を見ていたところ、娘さんに「うっとうしい」と悪態をつかれ、お姉さんも「あんただってよ」と泣きながらやり返し、そこからなんとなく腹を割った会話になって、二人で外が暗くなるまでおかきの袋を開け、結局娘さんは学校に行くようになり、お姉さんは会社に復帰したという。その時に酒本さんのお姉さん親子が食べていたのは、この会社の商品の中でもオーソドックスな味の『黒豆小判』だったそうだ。

このケースで、より良い味はなかったか、というのが『ふじこさん』開発の動機だったという。お姉さんとその娘さんは、結局五時間、おかきを食べながら話していたそうなのだが、おいしいんだけど、最後にはだんだん飽きてきた、と話していたそうだ。『黒豆小判』の袋裏は、「国際ニュース豆ちしき」だが、それに関しても、ちょっと遠い世界のことばかりで、あまり話が膨らまなかったらしい。お姉さんと娘さんの人生の岐路において、弊社のおかきが一助を果たしたというのはすばらしい話だが、そこで「飽きがこなかった」と言われることこそがベストだ、ということで、基本的には穏やかな味で、かつ、少し変化のある食感のおせんべいが開発された。

袋裏については、「今まで通り自由にやってください」とのことだったが、そういった背景を耳にすると、そういうわけにもいかないような感じがする。そんな穏やかさを前面に打ち出した商品の袋裏に、世界の独裁者について書くわけにもいかないだろう。かといって、「ふじこさん」というキャラクターがいる分、『今昔物語』の話の要約の紹介をしたりするのもちょっとな、と思う。

ずっと考えていてもなかなかいいのが出てこないので、先送りにして、既存の「国際ニュース豆ちしき」や、「あのことばの由来」、「知っていますか？　あなたの漢字」他、清田さんが作ってそのまま続投が決定したシリーズなどについての文言を考えているうちに、ある日、『ふじこさん　おしょうゆ』の個包装の袋のデザインが決定した。『ふじこさん　おしょうゆ』と大きく毛筆体で書かれている袋の表側はいいとして肝心の裏側を見て、私は頭を抱えた。左斜め下側に描かれたふじこさんから、吹き出しが出ていたのである。

これは、文言をふじこさんの発言として書かなければいけないということではないか？　ますます、「世界の独裁者」的なことについては書けなくなった。たぶん、「日本の毒のある植物」も「世界の謎（なぞ）」も無理だ。どれも清田さんの作ったシリーズばかり例に出して恐縮だが、私が考えたものでも、「ミニ国家」はふさわしくないだろうし、「あのことばの由来」でも、「知っていますか？　あなたの漢字」でも、何か偏（かたよ）りを感じさせる。

ふじこさんの人格を考えなければいけないのである。なので、イラストレーターさんに尋ねてみると、「ふじこさんは親切で、世話好きだけど、ちょっとおっちょこちょいで心配性です。お茶を飲んでまったりするのが一日の楽しみ」という答えが返ってきた。ますます、既存のアイデアの出し方ではそぐわなそうだということがわかってきた。これまで私は、前任者の清田さんが進めてきた、社会科的、あるいは理科的な豆知識や、ちょっとしたレシピ以外の、国語的な分野に活路を見出してきたわけだが、今度は、親切で世話好きだというふじこさんに合わせて話題を考えていくということになる。

袋裏のふじこさんは、外袋の表面と同じの、目を閉じたもの、眉尻を下げて少し困った様子のもの、口を開けて諭す様子のようなもの、と三態ある。それぞれの表情に合った文言も考えなければならない。

日に日に、『ふじこさん　おしょうゆ』の袋裏についての投票が近づく中、私は、本命の話題を考えられずにいた。キャラクターまで作るんだったら、袋裏係の私にも一言相談をくれよ……、と社長を恨んだりもしたが、ここで対応するのが給料をもらってる人間なんだとも同時に思う。何事も起こっていないかのように、他の仕事をこなしながら、私は毎日毎日ふじこさんのことを考えていた。夢にも出てきてうなされ、夜中に飛び起きて、それから出社の時刻まで眠れなくなるという日々が続いた。投票に懸けるための締め切りの一日前になっても、私は、これといった話題を考え付けずにいた。

＊

「ふじこさんは、けっこう年ではあると思うんですけど、人間とは年の取り方が違うので、中身は娘さんだし、見た目もずっとそのままです。ただ、長いこと生きてきたなりの知識はあるし、おっちょこちょいって言いましたけど、それは短期的なことで、人生全体っていうか、生活していくことに対してはわりと知恵があります」メールで再度問い合わせると、ふじこさんのコンセプトを任されたイラストレーターさんは、更に丁寧に答えてくれた。「そういや、社長と商品開発の方が来られた時に、疲れ果てている人のためのおかき、っていう言葉が出て、でもそれは強すぎるんで、結局イメージから除外ってことになったんですけど、頭の片隅に置いたまま作業はしましたね」

締め切りの日が来て、苦し紛れに、「日本百名山」と「源氏物語の各帖の説明」という話題を提出することに決めてはいたのだが、まだ本命の話題は出てきていなかった。私は、九時に出勤してすぐにイラストレーターさんのメールを印刷して、午前中いっぱいその内容を読み返し、それでもふさわしいアイデアを出せず、もう仕方ないから、毎回それなりに票を集めるわりにまだ実現していない「ミニ国家」を数合わせで入れて投票してもらおう、それでたぶん「日本百名山」に決まるだろう、もういいや、私の思い付きじゃないけど、とやけを起こしながら、社食に向かった。

疲れ果てている人のためのおかきって、今の自分のためにあるといっても言い過ぎじゃないだろ、などと考えながら、肩を落として列に並ぶ。今日はミートローフがメインだった。仕事がこんな様子でなければ、きっとうれしかっただろうけれども、ふじこさんの袋裏のことで頭がいっぱいで、好ましい匂(にお)いもまとわりついてくるわずらわしいもののように思える。

どうしてもミートローフを食べる気にならず、スパゲティサラダと冷奴(ひややっこ)とおにぎりをトレーに置いて席に戻り、昼ごはん仲間の人たちがいつもと変わらずよくしゃべっているのをいいことに、もそもそと無言で食べていると、ちょっと、顔色悪くない？と前の席に座っていた河崎さんが手を伸ばしてきて、私の目の前で振った。私は、やっぱり自分の様子が変に見えることに、妙な罪悪感を感じながら、仕事の行き詰まりについて洗いざらい打ち明けようか、それとも、もう終わったこととして自分の中でけじめをつけ、「日本百名山」になるんじゃないですかと涼しい顔で話すか迷って、それを判断することにも強いストレスを感じ、ただ、いやいや特にはと言って首を振った。

「そういや今日、袋裏のネタ出しの締め切りって言ってたよね」

「ずっと悩んでたけど、決まったんですか？　結局」

昼ごはん仲間の女の人たちは、勘がいいし容赦もない。私は、一応……、今日の十七時半締め切りなんで、ぎりぎりまで考えます、とうそをつく。

「そりゃ良かったわ」

「日に日にやつれていくなあって、ロッカーで話してたんですよね」

「ねえ。新商品かなりおいしいから、たくさんもらって帰りなよ」

悩んでいることがばれていたのが、なんだか悲しく情けない。このまま昼ごはんを終えて部屋に帰り、考え抜いているふりをしつつ、本当は妥協する予定でいる。それすらもわかっているのか、女の人たちは口々に、がんばってねーなどと軽めの声援を送ってくれたのち、すぐに雑談に戻る。

浦川さんは、長男が自室の床にボロボロお菓子の食べかすを落とすので、二十回ぐらい言い聞かせて、やっと何か食べる時はお皿を持って行ってもらって、その上で食べてもらうことに成功したのだが、今度はそのお皿を割ったんですよ、とぷりぷり怒っていた。高価ではないけれども、浦川さんなりに気に入っていたお皿が、きれいに三つに割れてしまったらしい。青磁っぽい薄い水色の地に、白で波の模様が描かれた、ちょっと変わったものだという。あまりに悲しくて、もうそのお皿のことは忘れようと、光の速さで紙袋の中に片付けたのだが、その紙袋を捨てられずにいる、と浦川さんはつらそうに語った。

二瓶さんは、昨日、野菜不足を解消するために、たらふくサラダを食べようと、レタスやトマトやカイワレ、そしてパプリカまで買って帰ったのに、ドレッシングを買い忘れていたので、マヨネーズで生野菜を食べたそうだ。べつにおいしかったんだけど、生野菜に絡めにくいし、私も物忘れが増えたわ、と言う。

玉田さんは、買い忘れといえば、自分はシャンプーもコンディショナーも切らしてたのに昨日買うのを忘れていて、石鹸で頭を洗ったので、今日は髪がごわごわだから、あまり見ないで欲しいそうだ。

硬い表情で彼女たちの話に黙って耳を傾けていた寺井さんは、他の人の話が一段落すると、ちょっとだけ長くなるけどいい？　と前置きして、別居している姑がいつのまにか高い着物をかなり買っていて、昨年亡くなった舅の遺産を使い果たしてしまいそうで怖い、と、いつも明るい寺井さんにしては深刻な様子で打ち明けた。寺井さんの話には、それぞれに自分の話をすることが優先というふうに見える昼ごはんの仲間たちも、さすがに、あら……、まあ……、注意しないとね……、などと沈み込んだ雰囲気になった。

そして最後に河崎さんが、すっかり重くなってしまったその場の空気をとりなすように、私も去年、すごい高い靴を衝動買いしちゃったんだけど、雨の日に履いて以来においが取れなくて……、と自嘲するように話し、小笑いを誘っていた。

私は目下、袋裏の話題のことで悩んでいる。一度は、「日本百名山」「源氏物語の各帖の説明」「ミニ国家の紹介」で、体裁を整えることにして、それで今日の最低限の仕事は果たしたことになる、と納得したつもりだったのだが、やはりそれではあまりにふがいない気がする。

昼休みが終わり、おかきミュージアムの裏の仕事部屋に帰って、『ふじこさん　おしょうゆ』の袋裏の話題出し以外の仕事を整理する。しかし、どれだけ書くべき記事を探しても、もう一本も残された仕事はなかった。私は、仕方なく、テキストエディタを立ち上げて、従業員さんたちの投票用に、「日本百名山」「源氏物語の各帖の説明」「ミニ国家の紹介」のそれぞれのプレゼンテーションの文面を書き始める。だいたいその三つになるだろう、ということは、昨日社長に伝えてある。いいと思いますよ、とのことだった。その仕事も、すぐに終わってしまった。

いつも以上に細かく、執拗にワープロソフトで書面を調整して時間を稼いだものの、時間の進みは遅かった。お茶を淹れて、資料用というか、イメージを膨らませるために差し入れてもらった『ふじこさん　おしょうゆ』をもそもそ食べながら、うまい、と思う。この会社が今まで出してきたおかきの中で、いちばんおいしいかもしれない。他社の類似品より大きめのものを作りがちなこの会社の例にもれず、『ふじこさん』も、一度袋を開けるとしばらく間が持つ。山のてっぺんを模したような、粉チーズをまぶしたあられの部分の食感が、けっこう固くて歯ごたえがある。プリンタで出力した、『ふじこさん』の画像を眺めつつ、商品を食べながら、記事の中身は頑張りますんで、と弁明するように思う。

それでもまだ時間が余ったので、改めて大友さんが渡してくれるお客さんのフィードバックなどに目を通しながら、ふと、昼休みに浦川さんが息子にお皿を割られた話をしていたことを思い出した。仕事のことを考えたくなくなっている証拠である。お皿はなあ、難しいな、と思う。どれだけ気に入った色や柄、形で、もう一度同じものを買おうとしても、すでに生産されていないことが多々ある。浦川さんの長男が割ったお皿は、青磁っぽい色に波の絵が描かれているというものだそうだが、四年前に買ったというので、今も売られているかは微妙だ。試しに、浦川さんが買ったブランドのネットショップを見に行ったのだけれども、それっぽいお皿は影も形もなかった。

私自身はそのお皿を見たことがあるわけではないけれども、心底残念そうな浦川さんの口ぶりからは、かなりすてきなお皿であることが容易に想像できる。オークションサイトまで探しに行ってもなくて、改めてお皿を割るということの取り返しのつかなさについて考え、ならばくっつけたらどうか、ということに思い至った。

私は、「陶器」「割れた」「復活」などという言葉を検索ボックスに放り込み、すぐに陶器をくっつけてくれる接着剤の銘柄に辿り着いた。お気に入りの割れた陶器をどう修復するかについて論じているそのページによると、金継ぎという方法もあるらしい。割れた部分同士を漆で接着し、金粉で装飾するという。単にくっつけるよりも、金の筋が入ることによって味わい深さが出る。

早く浦川さんに知らせたいと思い、パソコンから直接浦川さんにメールを送る。午後三時になったところなので、休憩に入っているかもしれない。「お皿の件ですけど、とにかく形が復活したらいいっていうんなら陶器用の接着剤もありますし、金継ぎっていうやりかたもあるらしいですよ」と書き送ると、やはり休憩に入っていたのか、「めっちゃありがとうございます!! 帰り道でググりマス!!」という返事がすぐに返ってきた。

私は、すぐに浦川さんから感謝が戻ってきたことに、なんだか想像以上に満足してしまい、それならば、と今度は二瓶さんが話していたドレッシングを買い忘れた件について検索した。フレンチドレッシングなら、サラダ油、酢、塩、こしょう、砂糖があれば作れるし、サウザンアイランドドレッシングなら、マヨネーズ、ケチャップ、酢、砂糖を混ぜれば出来上がりである。おそらくどちらも、家に常備してあるもので作ることができる。

その内容をメモして、次は玉田さんの話を思い出し、更に私は、河崎さん、最後に寺井さん、と話していた悩みとその解決法を調べていった。全員の分を調べ終わると、定時である十七時半の少し前になっていた。

私は、従業員さんたちの投票用のプレゼンテーションの文面を書いたファイルをもう一度開いて、「ミニ国家」についての記述を消し、代わりに「ふじこさんのおだやかアドバイス」という袋裏の話題の候補を書き加えた。

『「お気に入りのお皿が割れてしまった」「サラダを食べたいのにドレッシングがない」「シャンプーやリンスを切らした」「いらないものを買ってしまった」「靴のにおいがとれない」など、とても身近な生活のトラブルについて、ふじこさんが簡単な解決法を示します』

＊

次の週の投票で、「ふじこさんのおだやかアドバイス」は、僅差で「日本百名山」を破った。「例として挙がっていた、お皿が割れた、っていうのがちょっと盲点だった」とか、「百名山に関してはいつでもできるが、アドバイスに関してはこのキャラクターしかないかもしれない」などといった真剣な従業員さんたちの感想を集め、『ふじこさん　おしょうゆ』の袋裏は、「ふじこさんのおだやかアドバイス」というシリーズに決まった。

初回の出荷分の話題については、昼ごはんの仲間の人たちが話していたものと、社長夫人の玲子さんの悩みである「湯呑みやカップの茶渋を取るのに時間がかかる」と、私自身の関心であるところの「カフェインはいつ摂るべきか」というもの、「日本百名山」にインスパイアされた形の、「山で迷ったらどうするか」が取り上げられることになった。玉田さんは、以後すっかり石鹸で頭を洗ってクエン酸水ですすぐというやり方が身に着いたようだし、河崎さんの靴は、使い終わったティーバッグを中に置くことによって、玄関に常駐させて大丈夫な程度に復活した。

実際に市場に出回ると、商品自体の味や、ほのぼのとしたパッケージとふじこさんのキャラクターが相まって、『ふじこさん　おしょうゆ』はちょっとしたヒットになり、各所からの品切れの報告が相次ぐ事態となった。商品開発にいつも以上に時間をかけ、いつも以上に妥協せずに良い味を追求したそうなので、そういうこともあるだろう、と動向を見守っていたのだが、袋裏もそれなりに評判が良いようで、大友さんは毎日機嫌よく、ブログやSNSなどからのフィードバックを運んできてくれていた。「自分とは関係ないようでいて、微妙に役立つ」とか「険がない」といった感想のほか、「今までと感じが違う」とか「やっとどうでもいい豆知識だけじゃなくて人の役に立つことを言う気になったのかこの会社」といった、長年袋裏を見守ってくれている人々のものと思われる意見もあり、ありがたく思った。

ただ、私を含めた昼ごはんの仲間や、玲子さんといった近しい人々の抱えているトラブルのバリエーションにも限界があるので、と社長に言うと、広く従業員さんたちに悩みを募るため、おかきミュージアムにトラブル相談箱が設置されることになった。相談の件数は、一日に一、二件だが、そのぐらいでちょうどよかった。相談ごとは、まとまった知識を披露するのとは違ってノンジャンルなので、一件一件調べて、もっとも簡単そうな解消法を割り出すのはけっこう大変だった。メガネの鼻当てが取れたが修理に出す余裕がない、とか、消しゴムがいつも手元にない、とか、晩ごはんのおかずを決めるのがめんどくさくて仕方がない、とか、みんないろんなことで悩んでいる。メガネの鼻当てに関しては、お皿と同じように接着剤があるので仮でくっつけたのち、メガネ屋さんに相談に行け、と答え、消しゴムがいつも手元にないという悩みには、この一週間は消しゴムを見かけたら買うようにして備蓄しろ、という答えを考えた。晩ごはんのおかずに関しては、自分では説得力のある回答を考えられなかったので、一緒に昼ごはんを食べている人たちに相談すると、とりあえず鍋にしなさい、野菜が摂れるから、と言う人が何人かいたので、そう書くことにした。

社内で好意的に受け入れられたことや、インターネットでの評判だけなら、『ふじこさん』はこの会社の他の商品とさほど変わりはなかっただろうけれども、決定的な違いを見せたのは、新聞に取り上げられたことだった。それも、業界紙ではなくて、全国紙にである。『ふじこさん』の袋裏に関する投書が掲載されたのだった。「夫が一晩、山で行方不明になるという出来事があったのですが、私が持たせたおかきの袋に『下山を焦って沢伝いに降りるのはやめましょう』と書いてあったので、小川を探していた夫は動くのをやめ、おかきを食べながらじっとしておりましたところ、無事、地元の救助の方に見つけていただきました」という内容だった。ちなみに、その女性の名前は、藤子さんというらしく、大変な奇遇だというのである。大友さんが以前、似たような内容の手紙を持ってきてくれたことがあったので、おそらく同じ女性だろう。

新聞の切り抜きは、おかきミュージアムの手前の玄関ホールに貼り出され、営業部の人たちも、そのことを取引先へのセールストークに加えるようになった。今まで知らなかったのだが、袋裏について営業の人たちが改めて売り込むのは、今までほとんどなかったことらしい。

新聞への掲載から一週間後、新聞社の生活部の記者を名乗る人から連絡があり、社長と大友さんと、商品開発の酒本さんが取材を受けることになった。私も来るかと打診されたのだが、特に言うことはないですし、と断った。仕事に追われていたのである。『ふじこさん』の袋裏は、純粋に豆知識に関する文章を編集するのとは違って、それなりの裏付けや、反対意見なども調べなければならないので、他の仕事よりも手間がかかった。また、これはふじこさんが知っていそうなことだろうか、という話題の選別にも迷うところが多々あった。たとえば、『お気に入りのお皿が割れてしまったら』は良くても、電化製品の故障の話はしないほうがいい、とか、『天ぷらをカラッと揚げる方法』は知っていても、スパゲティを茹でる時にくっつきあわないようにする方法の話はするだろうか、とか。『ふじこさん』の仕事をするようになってから、自分はつくづく相談されるのが下手だし、何も知らないのだな、と思うようになった。作業の手が止まることが多くなり、他の袋裏のことに関しても、以前はけっこう勢いで書けていたのに、今は執拗に調べものをして、どうしても決め手が見つけられずに停滞して、結局話題を取り下げてしまう、ということが増えてきた。

それに反比例して、『ふじこさん　おしょうゆ』の売れ行きは好調だった。会社の至る所で、それを祝う声が聞かれ、臨時ボーナスの噂も立っていた。そんな中で、私は一人、おかきミュージアムの裏の部屋で、自分の仕事が少しずつ遅くなっていくことを恐れていた。

＊

新聞に投書した女性は、どうもテレビ局にも手紙を書き送っていたようだった。自分たち夫婦に起こった出来事が新聞に載ったということで、切り抜きを添えて、おかしな話でしょう？ と。私は薄々、この夫妻は暇なのかな、と思い始めていたが、テレビ局もネタに困っていたのか、この会社にやってきた。社長はもちろん歓迎し、今度こそ私も取材を受けるべきだと言われたのだが、やはり仕事のことが頭から離れなかったので拒否した。袋裏を書いている人はとてもシャイな人なんで、と言っておいてください、と社長と大友さんに告げると、そのままを伝えたそうで、小笑いが起きてその場は和んだという。

テレビ局のカメラは、おかきミュージアムにも入ったそうで、私が仕事をしているおかきミュージアムの裏の部屋にも、取材にやってきた撮影クルーや芸人さん、社長やその他の人々の笑い声などが聞こえてきた。私は、それを聞きながら、『台所用のスポンジがすぐダメになってしまうという人は、アクリルたわしを使ってみましょう』という記事が

『ふじこさん』にとって適切かどうか、ずっと逡巡していた。

テレビのお昼の番組で紹介されたことによって『ふじこさん』はさらに売り上げを伸ばした。取材に来てくれた芸人さんが、すごくおいしそうに商品を食べてくれたということもあるし、各所に投書をした奥さんが、改めてこの会社の社長に会ってお礼を言いたいという企画が別の局であって、奥さんのすっとんきょうなキャラクターが、ネットなどでそこそこ話題になったというのもある。あの奥さんはどうも、うちの会社を踏み台に、自分の中の何かを満足させようとしているのではないか、と昼ごはんの仲間の玉田さんが呟いていたが、私は、自分がその話に乗ってしまったら仕事を続けられなくなるような気がしたので、聞き流した。

社内の人々からの相談をもとに、かなり悩みながら記事を作り続けていた『ふじこさん』の袋裏なのだが、メディアに露出することによって、今度は一般のお客さんからも相談が寄せられるようになった。大友さんは、難しければいいんだけど、一つぐらいは取り上げてくれたらありがたいんですよね、と言い添えて、相談のリストを渡してくれたのだが、「退職した夫が家に居るのが嫌で嫌でたまりません」とか、「実は息子に隠れて借金がありますー」とか、「娘が結婚できません。顔のせいでしょうか？」など、なかなか重いものばかりで、私は更に頭を抱えることとなった。

その後、妙に回数が増えたトイレの帰りに、とぼとぼと廊下を歩いていると、社長に呼び止められたので、窮状について控えめに説明したところ、例の奥さんを回答者として迎えればどうか？　という斜め上の提案があったので、私はその場で失神しそうになった。明るい、いい方で、この会社に恩返しできればどんなPRも無給で結構、とおっしゃってくださっているし、名前もぐうぜん藤子さんだからね、と社長は言うのだが、いやいやお金の問題ではないだろう。『ふじこさん』をきっかけに、どこまで食い込む気なんですか、と私は喉まで出かかっていた言葉を必死で抑え、そのせいでより消耗する破目になった。

一度話してみたらどうかな、素敵な人ですよ、と社長に言われて、私は、まだちょっと今は余裕がなくて、と部屋に逃げ戻って、大友さんに渡された相談のリストを一行読んではやめ、一行読んではやめ、ということを繰り返していた。ほとんどが、私が答えられることじゃないな、という相談ばかりだったのだが、「職場の人と折り合いが悪くなり、仕事をやめました。友達の仕事先も、意地悪な人ばかりだというのを聞くと、働こうという気になりません。働くと性格が悪くなるんでしょうか？」というものがあって、目に留まった。私はこれまで、バーンアウトが原因で退職した最初の職場を含めて、四つの仕事先で働いてきたのだが、折り合いが良くなかった人はいても、意地悪をされたということは特にないな、と思う。だいたいどこの職場の人も、他人に変なことをしているエネルギーがあれば、自分の仕事か私生活のために使っているようだった。けれども、学生の頃のアルバイト先のいくつかでは、いやな目に遭ったりもしたので、言いたいことはわからないでもない。そんなに多彩な職場経験があるわけではないが、時間を経るうちに、まあ、勤務先が変われば人も変わる、という単純なことは了解していた。

「働いているとカリカリしてきますが、べつに性格が悪くなるわけではありません。性格が悪い人は働いていなくても悪いです。同僚の性格の良さというのは、あくまでエキストラなものと考え、まずは自分が合わせられる程度の集団の職場を探しましょう」

まったくもってふじこさんぽくない内容で、胃が痛くなってくる。とにかく大友さんからの指令は果たしたとはいえ、もしかしたら、投書しまくりの藤子さんのほうがうまく答えられるんではないかとすら思う。なんていうか、自信がありそうだし、いい意味でプレッシャーとか感じなさそうだし。いくらでも人のことに口出しできる感じがする。私がこの仕事をするには、圧倒的に自信が足りないのだ。

家に帰りながら、この仕事に向いていない、と考えることが多くなった。今までは、清田さんの作った方向性の遺産と、勢いで記事が書けていたようなのだが、自分で一から考えたものにここまでつまずくとは考えてもみなかった。なので、社長をはじめ、大友さんや昼ごはん仲間の人たちなどに、袋裏について何かこうしたらいいということはありますか？　と訊いて、指針を探ろうとしてみるのだが、いやいや現時点では特に何もないよ、いいと思うよ、という意見ばかりだった。『ふじこさん』の仕事を藤子さんに明け渡して、自分はその補佐と、別の商品の袋裏の作成に回ろうということも思い付いたが、それはそれで、藤子さんと密にやりとりをしなければいけなさそうだったりして気が滅入る。

会社には悪いが、ひそかに、『ふじこさん』の売れ行きが落ち着かないかなあ、ということを考え始めた。ふじこさんは、ゆるキャラという枠にも入り、知名度を伸ばし続けている。明らかに、私の手には負えなくなってきていた。

＊

休職していた清田さんが復帰する、という話を聞いたのは、仕事中に抜け出して胃薬を買いに行くようになった日の次の日の、昼休みのことだった。玉田さんが、今は交際をお休みしているが仲自体はいいという守衛の福元さんに聞いてきたのだった。守衛さんは清田さんとも呑み友達らしく、なんかもう、さんざん悩んで吹っ切ったみたいだよ、と清田さんについて言っていたそうだ。結婚できそうな相手を見つけられたわけではないが、趣味の史跡巡りや鉄道旅行を中心に、人生を立て直す決意をやっとしたらしい。

この会社の袋裏に関するエースである清田さんが戻ってくるのであれば、おそらく私はお役御免である。今までと別の仕事をするとなると不安ではあったが、袋裏の仕事から解放されるのであれば、それでいいと思った。そこはそこで、慣れるまではつらいだろうけど、私に向いていることもあるはずだ。

その日の定時間際には、社長からも内線で会議室への呼び出しがあって、やはり清田さんの復帰を告げられた。とてもよかったです、清田さんの仕事はとても尊敬できるものですし、やはりこの会社の袋裏を書くのは私ではなく清田さんでないと、と私は、いつになく口が軽くなって言った。

「清田さんはいい人間だし、仲良くやっていけると思いますよ」

「はあ」

「二人だけで仕事をするというのが気まずければ、総務・経理のフロアにスペースを作りますし」

どうも、予想していたのと話が違う。私が清田さんと一緒に仕事を続けるような口ぶりである。私は欠員補充ということで雇われたのに。

「私はクビになったりしないんでしょうか？」

一応、低いところから話を振ってみると、とんでもない、と社長は強く否定した。

「じゃあ、別の部署に異動が妥当かと」

この会社が好きなので、何でもやりますよ、と付け加えると、社長は、いや、まったくそんなことは考えていません、と、ちょっときょとんとした様子で言う。

「先日の会議で、もう少し袋裏の比重を大きくしようという話になりまして。記事の数を増やしてみるのはどうかと」

『ふじこさん　おしょうゆ』でうちの会社が非常に袋裏に対して真剣であることが世の中に知れ渡ったことですし、ここでもうひと押し、という方針になったのですよ、と社長は続ける。

『『ふじこさん』の、塩味の姉妹品を作るというのも決定しましたし。で、その袋裏は、好評な醤油味のほうと融通し合う、と』

「おだやかアドバイスでいくんですか？」

「それはもちろんですよ」社長は、なんでこんなわかりきった話を続けなければいけないんだ、とでもいうような、少し面倒くさそうな様子でうなずく。「アドバイスしてほしいことの案は続々と寄せられていますし」

働くことに関して、半ばやけになって書いた内容が、けっこう実際的だと判断されたらしい。ふじこさんのイメージに合わないとか、そういう意見はありませんでしたか？と訊くと、まあ、なんでもありでしょう、と社長の気軽な返事が返ってきた。

私は、そうですか、とうなずきながら、背中のどこかに空いた穴から、空気が抜けていくような感覚に陥った。そうか、なんでもありか、と思う。だから投書のほうの藤子さんが相談に答えてもいいと思ってるんだなあ。

浮ついている、という印象を持ったわけではない。でも、思ったより簡単には考えられているみたいだ。だったらついでに異動させて欲しいのだが、そういうわけにもいかないと見受けられる。

「会議では、山で旦那さんが助かったほうの藤子さんが答えるバージョンはどうかということについての評判も良かったですし、一度現実的に考えていただければと思いまして」

うんうん、と私はうなずくしかなかった。『ふじこさん』と同時に、藤子さんの知名度も上がった。それに乗じない手もないだろう。

会議室から仕事部屋に帰りながら、これからの仕事を取り巻く環境の急激な変化について考えて、どんよりと肩を落とした。仕事が嫌いになったわけではない。わけではないし、自分の仕事に勝手に上が介入してきて掻き回していくことなんていくらもあると知っているけれども、これはちょっとしんどい。

部屋に帰って、そういえば、『ふじこさん』をデザインしたイラストレーターさんは、キャラクターのことをよく理解しているような様子だったことを思い出して、恐る恐る社長に内線をかけて、おこがましい話かもしれませんが、と、イラストレーターさんに袋裏のことに関して協力を仰ぐことを提案したのだが、社外の人はねえ、と渋られた。まあ、顔が売れていて無給で協力してくれるという藤子さんに対して、外注の費用が発生する、袋に名前も記されていない生みの親のイラストレーターさんでは、藤子さんに頼ろうという気になるかもしれない。

その後、「知っていますか？　あなたの漢字」と、「国際ニュース豆ちしき」の記事を、併せて五本ほど書いた。漢字は、「亘」と「佑」と「拓」、ニュースについては「フライトレコーダー」、「スキタイ人」について取り上げた。そういう仕事を中心にしていた時分は、そんなに前でもないと思うのだが、なんだかいろいろあったなあ、としみじみしてしまった。

外で食事をして家に帰り、何か飲もうと冷蔵庫を開けていると、テレビを見ていた母親が、あんたんとこの会社のおかき、また昼の番組に出てたわよ、と声をかけてきた。最近世の中が平和みたいで、隙間の穴埋めによく取り上げられんのよ、などと棘のある言葉を返すと、あの奥さんと旦那さんも出てたよ、とあまりうれしくもない情報をくれる。

「二人で、一晩遭難した時の再現ドラマやってた」

「へえ」

「でもあのおかき、おいしそうで、私もスーパーで探すんだけど、けっこうどこも売り切れてるわ」

会社で余ってたら持って帰ってきてほしいんだけど、と頼まれて、私は思わず、売れてるから会社にもないのよ！　と強く言い返した。

「えー、じゃあ、見かけたら……」

「ほかのおかきでもおいしいじゃないのよ、『ＢＩＧ揚げせんいか＆みりん』とか『磯辺の梅』とか、『薄焼き納豆＆チーズプラスわさび』なんか喜んで食べてたじゃないの！」

「何怒ってんの……」

母親は、変なの、という感じで肩をすくめて、テレビに向き直る。私は、台所の隅に置かれてある母親のお菓子を備蓄している箱から、自分が言った三種類のおかきの袋を手に取って、自室に戻る。緑茶を淹れて、順番に食べると、やっぱりどれもおいしかった。まったく妥当な感情じゃないことはわかっていたが、いろんな人に腹が立った。投書の藤子さんにも、社長にも、『ふじこさん』を取り上げたがる人にも、世の中のおかき消費者の人々にまで腹を立てた。見る目がないと思った。

今のあなたには、仕事と愛憎関係に陥ることはおすすめしません、という正門さんの言葉が、一瞬頭をよぎったけれども、違うってっ、と私の中のもう一人の部分が、荒々しく言い返した。

＊

その週の金曜日のお昼に、寺井さんから、今日の夜空いてる？　と突然尋ねられた。私が、空いてますよ、と答えると、みんなでごはん行こうって言ってるんだけど、来てくれる？　とのことで、断る理由もないので、行きます、と返事をした。寺井さんたちとは、毎日一緒にお昼を食べているのだが、晩ごはんを食べるのは初めてだった。

昼からは、「あのことばの由来」の記事を、「水臭い」「とっておき」「こだわり」「玉のような」など十本をやっつけ、会社に寄せられた『ふじこさん』の袋裏で取り上げてほしい相談事項のリストに目を通した。相変わらず、「妻がいながら部下を好きになってしまいました。部下も自分を好きだと言ってくれていますが、妻と別れるべきでしょうか？」とか、「姑が孫の双子の片方しか可愛がりません」とか、「息子が月に十万ぐらいフィギュアを買っています」とか、重たい悩みが多い。「妻がいながら」の相談に関しては、「奥さんのいる上司を好きになってしまいました」という、完全に対になるものも寄せられていたので、もしかしたら二人は当事者同士なのかもしれない。なんでおかきの会社にそんなことを相談しようと思ったのか、まったくもって気がしれない。不適切にもほどがあるだろう。

けれども、何回か相談のリストを読み返しているうちに、なんというか、社長なのか、キャラクターとしての『ふじこさん』相手なのかはわからないのだが、あてつけに、その相談を取り上げてみようという気になった。正直、どっちでもいい、知らない、関係ない、よくわからない、勝手にしたらいい、と、どこまでいっても、何らかの答えを示すという方向に向かわないのが私自身の所感だったが、とりあえず、倫理的な側面以外からのアプローチで、この相談に光を当てられないのかと考えて、不倫をして慰謝料の請求をされた際の額の相場を調べ始めたところで、退社の時刻となり、調べものを中断した。少し残業をしてもよかったのだが、寺井さんがしてくれたという店の予約が、定時の十五分後だったので、私は急いで帰り支度をして会社を出た。

　指定された店は、会社の近所のこぢんまりしたイタリア料理店だった。工場の作業着ではなく、私服を着た昼ごはん仲間の人たちの姿はとても新鮮で、私はちょっとどきどきするものを感じた。ワインを頼んでくれていたが、私は呑めなかったので、ガス入りのペリエを頼んで、乾杯した。寺井さんが、妙にかしこまった様子で、私を含めた他の参加者たちに、何度も頭を下げる。

「150万返ってきたのよ」

　以前話していた、お姑さんが買った着物のうちのいくつかを返品できたのだという。訪問販売で買ってしまったものは、内容証明郵便で返せるかもしれない、と『ふじこさん』の袋裏で取り上げたのだ。その時に調べたことをプリントアウトして、寺井さんにまとめて渡した。パートと家事と姑の説得の合間を縫っての書面の作成には、昼ごはんの仲間の人たちも協力した。

「河崎さんが前の会社で法務部にいたとは知りませんでした」

「パニック障害になって辞めたけどねえ」

　その後二年間は自宅に引きこもり、いくつかの仕事を経て、この会社で正社員の職を得たそうだ。独身であるという河崎さんは、病気になる前に実家の改装しといてよかったわ、と言う。

「私の話を聞いて、袋裏で取り上げてくれたからよ。そうじゃなきゃ、ただ姑がだまされたってだけの話で終わってた」

寺井さんに、何度もありがとうと頭を下げられたので、別に私は何もしてませんから、と答えると、そう言われて肩を叩かれた。べつに、寺井さんにお金が入ってくるわけではなかったが、とにかく一件落着してほっとしたので、お祝いがやりたかったのだという。その場にいる人たちが皆、よかったよかったと言っている。私は改めて、この人らはいい人たちだなと思った。私は、すごく気分が良くなって、玉田さんに、彼女が以前言っていた守衛の福元さんの娘さんたちのややこしい名前について、姓名判断のサイトをいくつか回って調べたところ、福元深安奈は、かなり良くないが、福元澪璃亜はすごく良い、という話をした。その上で、改名したければ、いろいろな難しい条件があるのだけれども、これからでもできそうなものに、通称名を何年も使って郵便物等を集めるという方法がある、と教えると、確かに、上の深安奈ちゃんはなんていうか、いやそうではあるんだよなあ、と玉田さんは考え込んでいた。

その後、清田さんの復帰の話になった。清田さんは、昼ごはん仲間の女性たちには好かれているようで、皆久しぶりに会うのが楽しみだと口々に言っていた。私の進退に関しては、やはり袋裏の仕事から外されて、別のところで働くと思い込んでいるようで、工場のほうに来たら面倒見るわよ！　と言ってくれた。私は、なんだかそのことに妙に湿っぽい気分になって、ちょっと泣きそうになってしまい、自分が依然、清田さんとともに袋裏の仕事を続け、藤子さんとも仕事をすることになるかもしれない、ということを言い出せなかった。彼女たちの言っていることのほうが本当なのだと、どこかで思いたがっていた。

帰り道では、もう自分は、袋裏の仕事に対して思い入れは持てないな、と考え始めていた。いや、もともと思い入れなんていうあいまいな基準で仕事に向かうべきではないし、もっと割り切ってやるべきだということはわかっていたのだが、それでも、やりたくないな、と思った。

次の契約を更新しないことが頭に浮かんだ。もともと、この会社にも、そんなに長くいるつもりはなかったし、条件はかなり良かったけれども、このままでは苦しい状態が続くかもしれない。私が来てからしばらくと、『ふじこさん　おしょうゆ』の発売の後では、会社を取り巻く環境も変わってしまっている。世の中には、仕事に困っている人がたくさんいて、この会社で袋裏の仕事ができたのも、前のバス会社での、ほとんど先輩のもののような実績を買われてのことだったことを考えると、辞めたいなんて本当におこがましいことだと思うのだけれども。

＊

次の週になって、清田さんの復帰が少し遅れるという連絡を受けた。やっぱり会社に行きたくない、というのではなく、かかりつけの心療内科の医者と、どのように会社員生活を送っていくかについて、今一度ちゃんとした打ち合わせをして、自分なりの心構えをしたい、という理由だった。社長は、快くそれを受け入れた。えらいな、と思う。うるさい休職させてやったんだから今すぐ来い、と言う会社なんていくらでもあるだろうし、また、清田さんがどれだけこの会社でしっかりした居場所を作っていたかもよくわかった。

『ふじこさん　おしょうゆ』の袋裏の特別バージョンとしての、藤子さんの登場は、前の週の金曜の会議で決定したそうだ。よく考えると、どうして袋裏を書いている自分がその会議に呼んでもらえないのかと不思議なのだが、私は契約社員だし、ただ袋裏の記事を書くというだけの働きを任されているのであって、会社の商売の方針に対してどんな意見を持っているのかなんて期待されていない、と考えると、合点がいった。

そういうわけで、清田さんがまだ帰ってこない状態で、私は藤子さんと会うことになった。初めて会社の応接室というところに通され、社長の紹介で面会した藤子さんは、当たり前に上品な老婦人で、目鼻立ちがはっきりしていたり、肌の感じがけっこう若々しかったり、昔は美人だったんだろうなという残像を色濃く残していた。それがしゃべり出すとても陽気で、そりゃ人気も出るかもしれない、と思った。

御社のご商品の袋の裏側、いつも楽しみにしておりますわよ、と藤子さんは言った。さぞ教養の豊かな男性の方かと存じておりましたら、女性でびっくりしました、と。私は、前任者で、今休職していてそのうち戻ってくる人がいるんですけど、その人は男性で、教養が豊かだと思います、と答えた。

「『ふじこさん』の袋の裏を書かれたのはあなたでしょう？」

「あれは私ですが」

「本当に助かりましたのよ。我が家は、あちらで」

亭主元気で留守がいいっていうけど、死なれたら困るでしょ？　あの人、私がいないと何もできない人で、あの日も山登りに行こうと誘ってきたんですけれども、私は気が進まなくて、代わりにあのおせんべいを持たせました。主人は、私と同じ名前の商品だなあと言いながら、それは喜んで持っていきましたのよ。でも山道で迷ってしまって……。

知ってる、という話を、藤子さんは続けた。私は、あまりにも知っている話なので、途中でうなずくのも面倒になって、じっと湯呑みの底に残った茶葉を眺めていた。

「あなた、お疲れでしょ？」唐突に藤子さんが言ったのは、話が一通り終わった後だった。

「あまりお仕事のことばかりお考えにならないで、少しお休みになったらどうかしら？」

藤子さんの首の角度と、黒目がちな目の輝きは、完全に私の精神的な硬直を見透かしているようだった。私は、無性に応接間の低いテーブルを蹴り飛ばして、湯呑みを壁にぶつけたくなった。

社長は、それでは、藤子さんへの相談の選定と、お答えの編集をお願いしますね、と私に言った。私は、うなずこうとしてもどうにも首が動かず、その機会が訪れたさいには、と意味不明な答えを返した。それでも、社長と藤子さんは、私が快く承諾したと考えたようで、よろしくお願いしますね、頼りにしておりますわね、と口々に言った。

帰りの廊下で、少しお休みになったらどうかしら、と、頼りにしておりますわね、は矛盾する、と気が付き、喉に何かが詰まるような感触を覚えた。どちらが真意なのか。どちらも真意ではないのか。なんとなく言っただけなのか。それとも、いわゆる二重拘束なのか。

私は、おかきミュージアムの裏の部屋に戻り、椅子に座ってしばらくじっとしていた。気が付くと外が暗くなり始めていたので、とりあえず電気だけは点けたが、やはりパソコンも立ち上げず、メモも取らず、お茶も飲まず、ただ動けなくなっていた。

ふいに内線が鳴ったので、電話を取ると、社長からだった。言い忘れていましたが、来月で契約更新ですので、形式的な書面に記入をしていただくことになります、印鑑を持って総務課に行ってください、なに、時間はとらせません、「契約を継続する・しない」っていう項目を丸で囲んでいただくだけですから。あと、清田さんからは、来月の一日から復帰する、という連絡がありました。

私は、卓上カレンダーを眺めて、あと四営業日か、と確認する。四日もあれば、通常の仕事をしながら、引き継ぎの説明書類はすべて作れるだろう、と思った。私は、やっとパソコンを立ち上げて、藤子さんに会う前に調べていた、不倫の慰謝料の相場について検索し始めて、しかし五分でやめてしまった。

清田さんはおそらく、復帰の第一日目に、そのことを調べることになるだろう。私がこっそり、この会社に相談を寄せたいぐらいだ。『やんわりと私の仕事を乗っ取ろうとする人が現れたんですが、どうしたらいいでしょうか？　上の人はまったくそのことに気が付いていないし、私も確信が持てません……』

（新潮文庫『この世にたやすい仕事はない』に収録）

ファイターパイロットの君

有川ひろ

有川ひろ（ありかわ　ひろ）
高知県生まれ。第10回電撃小説大賞『塩の街 wish on my precious』で2004年デビュー。2作目『空の中』が絶賛を浴び、『図書館戦争』シリーズで大ブレイク。『植物図鑑』『キケン』『県庁おもてなし課』『旅猫リポート』『阪急電車』『みとりねこ』など著書多数。19年「有川浩」から「有川ひろ」に改名。

＊

「みゆちゃんちはね、はじめてのデートの後でパパのお部屋だったんだって。あやちゃんちは学校の帰りにブシッ？　だったんだって」

これのお題が何かと言えば『パパとママが初めてチューしたところ』だったりするわけで、うーん最近の幼児はすげぇ話してんなと高巳は苦笑しながら頭を掻いた。子供の口に内緒が通用するわけもなく、こうしておうちに帰ってくるとムスメのお友達のパパとママのセキララな青春模様がよそ様のお宅に筒抜けになっている次第である。

あやちゃんちはともかくみゆちゃんちはチューだけで終わっちゃいないだろうなーなどということは分かっていても考えないのが保護者付き合いのコツだ。

にしてもえらいお題が流行ってくれちゃったもんだよな、と春名高巳は苦った。

「ねえねえ、パパとママはどうだったの？」

当然来るもんなぁ、そこ。思わず頭を抱えたくなる。当然こちらのネタも向こうの各位に筒抜けで、そこでお互いバランスを取り合い「女の子はおませですねぇ」と曖昧な近所付き合いに持っていくタネなわけだから、うちだけ逃げを打つわけにも行かないのだった。

「パパとママはちょーっとだけ事情が複雑でね」

言いつつ高巳は娘の茜を膝の上に抱え上げた。——恨むよ光稀さん、この手の微妙な話は全部俺だ。

初めてのデートの後、パパのお部屋だったのよ。一言で済むみゆちゃんママが羨ましい。

春名家の場合は経緯が若干複雑だ。

どこからはしょれるか真剣に検討していると、茜が一丁前に恐い顔で「作っちゃダメよ、パパ」と釘を刺した。女力はこの年で確実に母親より上だ。


五歳児にも劣る女力しか持っていない、しかし高巳が出会った頃からベタ惚れの奥さんは日本でもまだ存在が珍しい空自のファイターパイロットである。

＊

キスをした初めてのデート、というと、日本中が大混乱に陥ったとある事件が片付いて高巳が小牧の三津菱重工へ戻ってからになる。

しかし、それは始まりからして穏当にはいかなかった。


「……ちょっと待って、光稀さん」

待ち合わせの名鉄犬山駅に現れた光稀を見て、高巳は思わず右手で待ったをかけた。

事件に関連して長らく出張居続けだったMHI技術者の高巳が岐阜基地を去ってから、初めての再会である。晴れ渡った秋口の休日、デート日和としては上々に恵まれて綺麗な恋人と待ち合わせ、シチュエーション的にはまったく文句なしだが——

「それは、何？」

「何って……何が」

光稀は戸惑ったように自分の姿を見下ろして、「変か」

ああ、分かってくれてるなら話が早い。高巳は大きく頷いた。

「うん、かなり変」

途端、光稀が目を怒らせる。

「どうせ……似合ってないよ、悪かったな！」

帰る、と怒鳴って光稀はいきなり券売機にずかずか歩き出した。

「え、ちょっと光稀さん⁉」

「だから嫌だと言ったんだ、こんな格好！　似合うわけないのにみんなで寄ってたかって——」

「待って、すごい根本的なとこで何かが食い違ってると思うんだけど待って！」

慌てて追いすがり、光稀の手首を捕まえる。するとその手が問答無用で振り払われた。

現役ファイターパイロットが本気で振り払ったらこらえられる男なんか格闘家くらいだ。

「光稀さん！」

大声で呼ぶと、光稀がすくんだように足を止めた。それから高巳を振り返る、その表情がもう怒っているんだか拗ねているんだか泣きたい寸前なんだかよく分からない。

「認識のすり合わせをしよう。基本でしょ？」

光稀に向かって片手を伸ばす。すると光稀はものすごい目付きで下から高巳を睨みつつ、不承不承という風情で高巳のほうへと一歩戻った。それから高巳の出した手に自分の手を小さく預ける。

その手を握って、「はい捕まえた」軽くおどけてみるが光稀は拗ねた顔のまま（多分、拗ねている顔だ。限りなく脅している顔に近いが）俯いている。

「それ、友達の見立て？」

光稀は無言で頷いた。

明るい色のカットソーと膝上のタイトスカート、足元は少し踵のあるロングブーツ。踵が少し、という辺りがおそらくこういう格好に慣れていない光稀に特化された選択だろう。本当ならもうちょっと踵が高いほうがカッコイイのだろうが。

よく見ると薄く化粧なんかもしてあって、フライトスーツと作業服姿しか知らない高巳などは改めて見るとどぎまぎしてしまうほど「女のコ」だ。

「似合うの見立ててもらったね。かわいくてびっくりした。でも……」

今度は誤解を招かないように光稀の胸元を指差しながら言う。

「それは何なの」

「……見て分からないのか」

まだ声がむくれているが、一応返事をするから修復余地はあるらしい。

「俺が訊きたいのは、どうしてそういうキレイな格好してるときにそこに下がってるのがドッグタグなのかってことなんだけど」

自衛官という職業柄、光稀が勤務中ずっと着けている無骨なステンレスの認識票だけがトータルコーディネートから激しく浮いている。タグの後ろに入った切り欠きが死体の口をこじ開けるためのものだとか、そういう裏話まで知っている高巳には殺伐効果も倍増だ。

「着けてないと個人情報が分からないじゃないか」

「……それは免許証とかじゃ代用できないの」

「身に着けておくものじゃないといざというときに身元が判明しない」

「俺とのデートで身元が判明しないほどのどんな大惨事に陥る気だよ！」

さすがにこらえかねて突っ込んだ。

「はい外す外す。それだけ浮いててすげぇ変」

光稀が渋々認識票を外し、バッグにしまう。高巳は光稀の手を引いて歩き出した。

「映画は次の回のにするよ、名古屋に出たらまずそれに似合うの買おう」

駅の駐車場に停めてあった車に乗り込み、高巳はフロントに載せてあった眼鏡をかけた。

「眼鏡かけたとこ初めて見た」

助手席の光稀がしげしげと高巳の顔を見る。

「車乗るときだけね。コンタクトじゃどうしても左の度数が運転条件まで上がらなくてさ。重いから嫌いなんだけど」

「だからいつもコンタクトなのか」

「今日も持ってきてるよ、車降りたら付け替える」

「いい、今から付けとけ」

言いつつ光稀が助手席のドアを開けた。

「名古屋までなら私が運転してやる。代われ」

「あ、そう？　悪いね」

車の運転がそれほど好きなクチでもないので素直に受けて席を替わる。と、運転席に収まった光稀が顔をしかめてアクセルやブレーキを何度か踏んだ。勝手が悪いと呟（つぶや）いたのは踵だろう。

やっぱり俺が運転しようか、と言おうとしたら、光稀がいきなり運転席のドアを開け、足だけ外に下ろしてブーツを脱いだ。

脱いだブーツを後部座席の足元へ放り、ストッキングの素足でペダルを踏んで「よし、これでいい」――いいのかそれ。

高巳がコンタクトを付け替える手間と光稀がブーツを脱ぎ履きする手間。差し引きすると結局同じような気がしたが、せっかくの気遣いなのでそれは言わない。

にしても、いきなりブーツを脱ぐと足のラインが変に眩しい。裸足というのが妙に意識させる原因かもしれないが。

「光稀さん」

エンジンを掛けようとする光稀を呼んでみる。

「足きれいだね」

「どこ見てやがるエロジジイ！　金取るぞ！」

案の定、光稀からは遠慮会釈ない罵詈雑言が返ってきて、高巳はほっとしながら一緒に笑った。

ふざけてごまかさないといろいろ変に意識してしまう。――困った。ちゃんとすることしたくなっちゃうような女の人じゃないか、なんて。

名古屋へ向かう車の中で、高巳は何でもないような取りとめのない話ばかりしていた。

名古屋駅の近くのパーキングに車を入れ、光稀がブーツを履き直し高巳がコンタクトを入れる。ソフトなので水は要らない。

車の中から付けてりゃよかったのに運転代わった意味ないじゃないか、と光稀が呆れたように言った。笑ってごまかしながら駅前の百貨店に向かう。

今日の服に少なくともドッグタグよりは似合うアクセサリーを見立てていると、最初は照れていたのか乗り気でなかった光稀もちょっと楽しくなったらしい。

「こっちはどうかな」

自分でもネックレスを選んで胸元に当てて見せる。少しはにかみながら高巳を窺う表情がちゃんと恋人の顔になっていて、それがまた凶悪にかわいい。うわぁこの顔は俺だけか。岐阜基地で一緒に勤めていた隊員たちにわけもなく優越感。

「こっちが似合うんじゃない？」

高巳は別のネックレスを背中から光稀の首回りに提げた。色は落ち着いているが光稀の持っていたものより細工が複雑で、その分華やかだ。襟刳りが深くて露になった肩に手が触れ、光稀は気づいた様子はなかったが高巳は何気なく触れた手を離した。

「ちょ……っと派手じゃないか」

光稀が慄いたように顔をしかめる。高巳は光稀の背中から一緒に鏡を覗き込んだ。

「つーかむしろさっきのが地味すぎ。これくらいでちょうどだよ」

「そうですよぉ、カノジョせっかく美人だしそれくらい存在感あるアイテムのほうがー」

いきなり横から割って入った声は、売り場の店員だ。光稀とは対極の、いかにも女の子女の子した若い娘である。

「私なんかはこの辺お勧めしたいですねぇ〜」

言いつつ店員が高巳の選んだものより一段派手なものを光稀の胸元に当てる。「ほらね、お顔が引き立つでしょう」

光稀が困ったように高巳を窺う。こういう扱いに慣れていないらしく、適当なあしらい文句も分からないらしい。

「光稀さんはどっちが好き？」

高巳は自分が選んだものを店員が選んだものに並べて見せた。

「高巳っ……が、選んだほうが、好き」

不意打ちのように名前で呼ばれ、やに下がる。

「というわけなんで、こっち包んでもらえます？」

カードと一緒にネックレスを渡すと、光稀が慌てた。

「いい、自分で買う」

「初デートだよ、彼氏が買うのがお約束」

彼氏と言われて光稀の顔が赤くなった。ああもう、カワイイなぁ畜生！

「そうですねぇ、やっぱり彼氏の選んだのが一番似合ってる感じかなー」店員も如才なく合わせてくる。「センスいい彼氏でいいですね」

じゃあお預かりします、と店員が立ち去ろうとしたとき、光稀が声を掛けた。

「包まなくていいのでタグだけ切ってください」首を傾げた店員にちょっと恥ずかしそうに「すぐ着けたいんで」

更にかわいい。

会計待ちの手持ち無沙汰な間、光稀が不意に訊いた。

「センスいいって。今の女の子」

「ああ。リップサービス上手いね、さすが」

「ああいうのを選ぶセンスっていうのは、先天性か後天性か」

「嫁いだ姉貴がバブリーな人でね、よく買い物付き合わされたの」

それで培われたセンスを買われ、友人の勝負プレゼントの買い物に付き合わされることもよくある。

そうか、と頷いた光稀に訊いてみる。

「何か心配とかした？」

「——別に。お互いこの年で気にするようなことでもないだろう、大人なんだし」

絶対気にしているくせに強がるところがまたかわいい。ちゃんと訊けばそうもてるクチじゃなかったよと教えてあげるものを。

会計が済んで戻ってきたネックレスを自分で着けられず高巳が着けたことは余談である。大事にする、ありがとう。そう言って笑った顔が極上にかわいかったことも。

映画は光稀が観たがっていたミリタリー映画の再上映だった。買い物を済ませると上映時間まであまり時間がなかったので、昼食はファーストフードで流し込む。

映画は息詰まるような展開に圧倒されて引き込まれたが、隣からすすり上げる声にふと気づくと光稀が大変な号泣状態になっている。ハンカチを出す余裕もないらしい。

――ほんとに感情の発露が素直な人だなぁ。

高巳は小さく笑って隣からハンカチを差し出した。「ごめん」と涙声がハンカチを受け取る。

どうでもいいけどここまで泣いちゃってこの子化粧直しとかできるのかなぁ――などと余計な心配をしつつ、高巳はまた映画のストーリーに引き込まれていった。

化粧直しは高巳が心配することもなく、光稀は十分ほど化粧室に籠もっただけで何とかして出てきた。これだけの美人が涙で瞳を濡らしているとかなり人目を惹き、待っていた高巳も同様に注目される。

「大丈夫？」

「うん、ごめん」

行こうか、と手を出すと光稀は素直に手を預けてきた。まるで普通のカップルみたいで、ああもうこういうことが普通にできる関係なんだよなぁ、とちょっと感動に浸る。

その辺の喫茶店に入ってお茶を飲みながら（PXや食堂以外の初めての「正しい」お茶だ！）高巳は尋ねた。

「何時までに基地に戻ればいいの」

「2030くらいかな」

フタマルサンマル、一般人には謎の用語を高巳は午後八時半と脳裏で翻訳した。

「じゃあ七時くらいにはこの辺出たほうがいいな」

だとすると残り時間はあと三時間程度。と、光稀がちょっと表情を曇らせた。

「けっこう早いな」

時間が過ぎるのが、ということだろう。同じことを思っていたのが嬉しいような切ないような。

「外泊、取ってくればよかったかな」

何の気なしだろうが光稀が呟き、高巳は笑った。

「しょっぱなから外泊デート？　大胆発言だねぇ」

「別にそういう意味じゃ……！」

「何の気なしで言っちゃ駄目だよ、そういうことは。期待するからね」

光稀がどこか突かれたように言葉を飲み、怯んだように高巳から目を外す。

しまったちょっと脅かしすぎたかな。後悔しかけたところで、光稀がまた挑むように顔を上げた。

「次は外泊取ってくる。別に子供じゃないからな」

むきになっていることは明白で、高巳は苦笑した。

「こういうことで意地張らない。引っ込みつかなくなったとか嫌じゃない、お互い」

言いつつ冷めかけたコーヒーをあおる。

「よし、行こう。晩飯はポイント考えてあるんだ」

「晩飯が何で名古屋空港なんだ」

光稀が怪訝な顔をしながら車を降りる。まだセントレアができる前だった。

「空港の飯が旨いなんて話、聞いたこともないぞ」

「だろうねえ、俺も聞いたことないもん」

高巳は眼鏡を外してダッシュボードに置いた。車を降りて国内線のターミナルに向かう。

「食べた後が本番だからちゃっちゃと食べちゃおう」

何なんだ一体、と首を傾げながら光稀もついてくる。

ターミナルのレストランで適当なものを注文し、食べるのもそこそこに店を出る。

「はいはい乗って乗って」

「だから何なんだ一体！」

一時間と経たずに空港の駐車場を出てまた車を走らす。やがて、空港の外周をぐるりと回り、滑走路エンドに整備されているこぢんまりとした公園の駐車場に車を入れた。

子供の遊具などもある公園だが、夕方だからか駐車場はガランと空いていて場所は選び放題だった。

「今日は風向きからして南側からの進入が多いはずなんだけど」

高巳の呟きに被せるように、ジェットタービン独特の甲高いエンジン音が上から降った。低い。

光稀が目を瞠ってフロントから上を覗き込むように体を捻る。

着陸寸前の旅客機が車の屋根をかすめるようなアングルで滑走路に向けて降りていく。

「あなたはこういうのが好きかと思ってさ」

光稀は返事をするのも上の空でフロントガラスに貼りついている。女性のほうが微笑ましいのは少しずるいが。飛行機と名が付けば無差別で喜ぶ体質は高巳と同じだ。高巳などではただの航空オタクとしか呼ばれない。

こういうときに一際表情の輝くところがまた愛おしい、というのは欲目だろうか。

着陸するのはどれも代わり映えのしないボーイングやエアバスなのに、一機来るたびに歓声を上げる光稀。何機かの飛行機が着陸するのを見つめ、ようやく気が済んだのか座席にもたれた。

「ありがとう、次は昼間に見たい」

「了解、次にね」

次、という言葉がお互い自然に出てくるのがまた嬉しい。

――いよいよ送っていく時間が近くなり、却って二人とも口数が減った。名残惜しいという言葉だけでは到底言い足りないような切なさ。

帰りたくない。

絶妙のタイミングで聞こえた言葉は、自分が呟いたのかと思ったら光稀だった。

もちろんそれは本当にそうしたいなんてことではなく、できるものならということなのだろうが、

「このタイミングでそれってすごい殺し文句」

大人だからな。子供じゃないんだ。

意地を張っていたのを逆手に取っても許されるのか。

高巳は光稀の顎に指をかけて上を向かせた。

「噛まないでよ」

半分本気で釘を刺し、訊き返そうとした唇を塞ぐ。

ぎこちなく預けられていた光稀の体が急に硬くなった。反射のように逃げ腰になるのを捕まえて逃がさない。光稀は一瞬抗い、それから高巳のシャツをきつく摑んだ。

そのしがみつくような強さが愛おしかった。

これ以上だと本気で帰したくなくなる、その手前で手放した。

手放されて一瞬呆けていた光稀が、狭い車内を一杯まで窓際に逃げた。

「お――おおおおお前という奴は！」

降ってくるジェット音にまぎれて光稀が大声で怒鳴る。

「いきなり何てことを！」

「何をって。合意じゃなかったの」

「舌は予定に入ってないッ！」

あんまりな抗議の台詞に高巳は力一杯吹いた。

「光稀さん、あんたちょっとおもしろすぎ」

「おもしろいもくそもあるか、こういうことは心の準備というものが――……！」

「準備って……俺、途中で中断して予告すんの？　間抜けすぎでしょ、それ」

言葉を失くす光稀に高巳はからかい口調で畳みかけた。

「こんくらいで動揺するんじゃ外泊は当分取らないほうがいいんじゃない？　はいベルトして、行くよ」

眼鏡をかけてサイドブレーキを下げた高巳の横で、光稀がふてくされたように呟いた。

「外泊は別に私が取りたくなったら取る。誰に指図される謂れもないしな」

「またそういう意地を張る。負けず嫌いも大概にしときな」

恐かったくせに、と付け加えると、驚いただけだ、と光稀が返す。

そして。

「嫌じゃなかった、と言ってることくらい分かれ！」

拗ねたように怒鳴ってそっぽを向く。

「──了解」

何でこう、ますます帰したくなくなるようなこと言うかなこの人は。

高巳は苦笑しながら車を出した。

次に会うのが早くも待ち遠しいのは、光稀も同じだろうか。距離にも多忙にも負けずにいられると思う気持ちは？

それくらい分かれ、と怒鳴るリアルな声を想像できる。それだけでかなり幸せだった。

＊

「パパァ」

せっつかれて我に返る。記憶をなぞったお陰でいい省略が見つかった。

「初めてのデートの帰りに車の中だったよ」

「みーんな何かの『帰り』なのね、変なの」

子供ならではの素朴な疑問に高巳は苦笑した。

「そりゃもう、一番大きいイベントだからねぇ。一番ドキドキするから最後に残しとくんだよ。クリスマスだってケーキ切るのは一番最後で、プレゼントは次の日の朝だろ？」

「ケーキとプレゼントくらいすごいの？」

ここでうんとか言ったらまた「茜ちゃんパパの奥さんはケーキとプレゼントくらい特別らしいわよ」などとからかいの的だが、こういうことで嘘を吐くのは本意じゃない。

「茜もねぇ、ママ大好き！　キレイでかっこいいから！　よそのママより一番好き！」

はしゃいだ茜は目鼻立ちが光稀によく似ていて、きっと将来美人になるだろうと親戚中から言われている。

娘を嫁に出すときのことはまだ意識的に考えないようにしている。架空の婿を想像しただけでそいつをぶん殴ってしまいそうになるからだ。

自分も人の親から取り上げた分際で、と光稀は笑うが、高巳の場合は「よくこんな航空バヵを引き取ってくださった」と相手の両親に泣かれたのだから話が違う。むしろ障害があったのは高巳の両親で、その辺りの事情はまだ茜には聞こえないようにしているつもりだが、茜は早くも高巳方の「おじいちゃんとおばあちゃん」に苦手意識を持っている。子供にそんな話を聞かせるものじゃない、という分別が期待しきれない両親であることは、残念ながら高巳の目から見ても明らかである。

よその奥さんはちゃんと家庭に入っているのに、という聞こえよがしな厭味に、光稀は高巳側への里帰りの度によく耐えてくれていると思う。現場を発見したら即座に帰る必殺カードを躊躇なく切れるが、それが分かっているだけに母親も父親も高巳を避けて巧妙な圧力をかけてくる。傷つけられたことを高巳に訴えるような光稀ではない。

二人目は作らない、ということも宣言してあるが、それも光稀が仕事さえ辞めれば叶うものをと文句たらたらだ。

降りたほうがいいのかな。光稀が一回だけ弱音を吐いたことがある。

茜が生まれて半年で訓練に復帰し、両親からの軋轢も一番厳しかったころだ。生まれたばかりの子供をほったらかして飛行機に乗るなんて、それでも母親か。そこを衝かれると光稀は常に弱い。

気にするな、と言うのは簡単だが、結局は光稀の耳に入れずに済むことが最良な皮肉を高巳も防ぎきれないのだから、配慮が足りているとは言えない。

結婚したら降りてくれ、なんて言った覚えはないよ。そう言って抱きしめるしか。

絶対君にF―15を降りてくれなんて言いません。だから結婚してください。

自分のプロポーズは一言一句覚えているし、違えるつもりもない。

ありがとう、ごめん、ごめんなさいと泣く光稀を強引に黙らせた。普通の奥さんになれないのにごめん、なんて光稀に言わせるつもりなどなかった。

直前まで式への出席を揉めていた両親の記憶は闇に葬るとして、自衛隊関係者からは心に残る祝辞をいくつももらった。

何故心に残っているかといえば、そのすべてが家を守る心構えについてだったからだ。

前日どんなに喧嘩をしても、翌朝は笑顔で送り出してくれ。その日の晩に二度と帰って来ないかもしれないのが自衛官だ。その訓辞は今さらのように心に食い込んだ。こういう人が妻になるのだと。

普通は花嫁の側が言われるらしい。高巳の場合は男がファイターパイロットである妻を待つ側に入った。光稀と高巳で仕事のシフトに自由が利くのが高巳だったからの選択でもある。

「武田二尉……いや、春名二尉の場合は頼りになる夫君がお家を守って下さっているわけだから、心置きなく飛べて羨ましい限りです」

ごく普通の奥さんがわずか数年で自衛官の妻として立派に家を守るようになるという。

それは、いつ夫が死んでもおかしくないと覚悟を決めるということで、たおやかな女性がやってのけているその決意を男の自分ができないなどとは言うものか。

彼女を憂いなく飛ばせることが自分の義務だ。一生を賭けて惜しくない義務だ。

それでも命を賭けて飛ぶ光稀に雑音を入れてしまう自分の至らなさは悔しかった。

*

「ねえ、パパ」

茜がちょっとしおれた表情で高巳にしがみついた。

「ママは茜のこと好きなのかな」

茜がそんなことを言い出した理由はすぐ察しがついた。一週間ほど前、どうしても仕事の都合がつかず、また次善である光稀の両親の都合もつかず、高巳の両親に茜の保育園の迎えを頼んだ。

できるだけ早く引き取りに行ったつもりだが、そのわずかな時間に大人げのない両親はまたぞろ茜に母親への不審を抱くような入れ知恵をしたのだろう。

「パパのおばあちゃんがね、ママは茜より飛行機が好きなんだって。飛行機のほうが好きだから茜を独りぼっちにしてタンシンフニンして平気なんだって」

くっそ、この先半年は帰ってやらねえ。何だかんだと孫娘と高巳に会えないのが一番の仕置きになる両親に内心で通達する。

「そんなことないよ」

高巳は茜を強く抱きしめた。

「茜は飛行機に乗ってるママは嫌いかい?」

茜はしょんぼりと首を横に振った。ママかっこいい、と小さく呟く。どちらに似たのか定かではないが、茜は見事にカエルの子だ。母親がファイターパイロット、父親が航空機開発と航空関係に縁が深い家庭ではあるが、子供が飛行機を好きになるようにと仕向けた覚えはない。だが、気がついたら「ママの飛行機」とF―15を見分けるようになっていたのだから大したものだ。

それだけに、飛行機に乗っているかっこいいママが自分より飛行機が好きだという残酷な揶揄(やゆ)には傷つくのだろう。やっと保育園の年長組になった年端もいかない娘にいい年をしたジジババがする仕打ちではない。

「飛行機に乗ってるママがどれくらいすごいか分かるかい?」

これはまだシビアすぎるかと思いながらも、両親が茜に何を言ったのか予想がつくので言わざるを得ない。

「ママが飛行機に乗って、死なずに帰ってくるってことがどれくらいすごいことか分かるかい？」

茜の瞳にぷわーっと水が膨れ上がった。ああやっぱりシビアだったか。

しかし始めた以上はここで止めるわけにはいかない。

「ママは毎回死なずに帰ってくる。ママが飛行機に乗って死なないためには、ものすごく厳しい訓練が必要なんだ」

パイロットで居続ける、ということだけなら男のほうがずっと楽だ。何しろ結婚しても子供を産むのは男の役目じゃない。子供を産むことも家を守ることも妻に任せて飛ぶことに専念していられる。

女はそうはいかない。光稀が実際そうだ。家を守るのは高巳が代われる、しかし子供を産むことは高巳では代われないのだ。

少なくとも妊娠が発覚し、出産して数ヶ月を育て上げるまでは、飛行訓練には戻れない。勘を忘れることを恐れて出産後半年ほどで訓練に戻る女性パイロットがほとんどだというが、それにしても妊娠期間を含めれば一年以上は物理的に「乗れない」期間がある。

高巳は光稀から翼を取り上げる気などなかったし、光稀ももちろん飛ぶことを望んだ。

だから二人は無理だというのは暗黙の了解だった。

当然、子供は最初から諦めるという選択をする家庭もあるだろう。

それでも、

「君を産むことをまったく迷わなかったんだよ、君のママは」

それは高巳にとっても疑うべくもない愛情だった。

常に飛び続け技倆を磨くべきパイロットが、飛行機にまったく乗らない期間を茜と高巳に一年くれたのだ。

「だからパパのじいちゃんやばあちゃんに何言われても茜は信じてあげて」

茜を産むために、高巳に茜という娘をくれるために、光稀は日々の訓練という安全係数を一年も凍結させたのだ。

「ママ死んじゃいや」

すすり泣く茜にはまだその程度の理解が限度だろう。

「大丈夫だよ、ママは生きて帰ってくるために俺たちと離れて毎日厳しい訓練をしてるんだから」

しゃくり上げる茜を膝の上に揺すり上げる。

「君の名前もママがつけたんだよ」

「茜？」

「女の子が産まれたって聞いて、茜にしたいって」

夕焼けの中を飛んだとき、淡いオレンジからピンク色までグラデーションの空だったという。

「ママが知ってる中で、一番かわいい空色だったんだってさ」

茜が鼻をぐすぐす言わせながらようやく泣きやんで、高巳も茜を椅子に座らせた。

「もう寝る時間になっちゃうからケーキ切るかい？」

誕生日の特注のケーキである。晩飯は済ませてずっと光稀待ちだったが、さすがに寝る時間の限界だ。

茜はもう眠たい顔で、しかし首を横に振った。

「明日にする。ママ帰ってきてから」

いい子だね、と高巳がおでこをつつくと、照れくさそうに笑って歯磨きをしに洗面所へ駆け込んだ。母親が単身赴任という環境でできすぎなほどいい子に育ってくれている。

＊

急に入った夜間訓練が終わると、もう九時を回っていた。

今日で五歳の誕生日を迎える娘は、そろそろおねむの時間である。光稀はとっちらかすようにフライトスーツを脱いで辛うじてロッカーに収め、一番手近な訓練用のジャージに着替えた。家までは車なので服装の気遣いはない。もっとも夫の高巳によれば、そうした油断からおばさん化が始まっていくということだが、今回ばかりは緊急避難が認められるはずだ。

「お疲れ！」

翌日は有休を取ってある。飛行仲間や警備たちに挨拶(あいさつ)だけを一方的に投げ、光稀は旅行鞄(かばん)に背嚢(はいのう)を担いで駐車場までをダッシュした。十キロや二十キロを担いだくらいで足元がおぼつかなくなるほど柔(やわ)な訓練はしていない。

茜への誕生日プレゼントは娘の背丈と同じテディ・ベアだ。でかいほうは俺が買うよ、と高巳が言ってくれたのを意地で探して買い求めた。日頃寂しい思いをさせている分だけ、一番欲しがっている大物は自分が担当したい。しかし一番でかい背嚢からでも首が覗いて「春名二尉、暗がりで会うとちょっと恐いですよ」などと帰りがけに笑い声をかけられた。

高巳のほうは定番の着せ替え人形の新作ドレスを何着か用意しているはずだ。光稀の母がデリバリーしてくれたはずの夕食にはもう間に合わない、でもケーキを切るタイミングには何とか。

後部座席に荷物を放り込み、光稀は高巳が「でかすぎて動かすの恐い」といつもぼやくランドクルーザーを急発進させた。

高速で約二時間の道のりで、光稀が帰宅したのは結局十一時を回った。

「茜は⁉」

噛みつくように訊いた光稀に、もう寝間着だった高巳は気の毒そうに「惜しかった」と答えた。多分、三十分か一時間ほど遅かった。

大荷物の光稀は玄関先でがくりと膝を突いた。高巳も上がり框でそれに付き合い、光稀の頭を梳かすように撫でた。

「すごい絵ヅラだけどよく頑張って持って帰ってきたね。光稀さんえらかった」

背嚢から首だけ出しているテディ・ベアだろう。同じ背丈だから茜を入れても同じ状態になるはずだ。

「茜、ごはんちゃんと食べた？」

間に合わなかったショックで声が泣きそうな光稀に、高巳がメニューまで答えてくれた。唐揚げにポテトサラダにイクラの載ったちらし寿司。茜の好物ばかりだ。

「でもケーキは明日にするってさ。ママが帰ってきてから」

それを聞いて「泣きそう」が完全に決壊した。

「私、茜に我慢させてばっかりだ。誕生日なのにケーキも一緒に食べてやれない」

髪を梳く高巳の手が更に優しくなった。

「大丈夫だよ。ケーキは明日ママと一緒に食べるって茜が決めたんだ。君に愛されてるって分かってるよ。仕事の意味もそのうち分かってくれるようになるよ」

高巳は詳しく言わなかったが、どうやら義父母がまた茜に辛い理屈を吹き込んだらしい。

高巳を産んでくれた人たちだから、と我慢するのがときどき苦しくなる。

茜より高巳より飛行機が大事だから降りないのだ——というのはあの人たちがよく使う理屈だ。

茜のために飛行機に乗らない時間を一年くれたんだよ、と言って聞かせた高巳に、茜は

「ママ、死んじゃいや」と泣いたらしい。

それは理屈ではなく感覚で悟ったに違いないが、生きてランディングするための訓練の重要さと、そのための離れた暮らしをたった五歳で分かってくれる物分かりの良さが逆に切ない。

「……高巳も分かってるの」

君に愛されてるって分かってるよ。

それは光稀の側にはもちろん茜だけの問題ではない。

だが、

「何を」

と高巳は分かっている口調でしらばっくれた。

「だから……茜と同じこと」

「ちゃんと言ってよ」

そのからかい口調に意地になった。高巳の後ろ髪を引っつかみ、そのまま引き寄せて唇を重ねる。

こういう手法で黙らせるのは男の特権だと思ってたんだけどなぁ、と合間で高巳が呟き、途中の一瞬で攻守が交代した。

反射的に逃げ腰になるのは昔からの癖だが、高巳はやはり一瞬の差で逃がさなかった。予定に入っていないキスで高巳が分かっているかどうかは途中でどうでもよくなったが(元々分かっていないなんて思ってはいなかったので)、

「五歳児に分かるようなこと疑われて心外」

と高巳の側も意地になっていたらしいことが白状された。

いつも自分の上を軽々と行く余裕めいたところが悔しくもある夫だが、たまに見つかるそんなところは格別にかわいらしかった。

「クマ、押し入れに隠しとこうか」

言いつつ高巳が背嚢からテディ・ベアを引っ張り出し、いきなりものすごく怪訝な顔になった。

「……光稀さん、これは……」

「特注。チタンだぞ。今度、保育園で親子ハイキングがあるって聞いたから間に合わせたんだ」

テディ・ベアの首にかけてあるのは二枚セットがボールチェーンで繋がったドッグタグで、ご丁寧に自衛隊仕様の後部切り欠きまで制式と同じだった。

「だから保育園のレジャーで娘の身元が判明しないほどのどんな大惨事に陥る気だよ⁉」

「今どき物騒なのに大事な娘に認識票も付けないで野外行程に出せるか！」

「保育園、髪飾り以外アクセサリー禁止だよ！」

「貴様、認識票をアクセサリー呼ばわりする気か！」

「ていうかまさか俺にまで付けさせる気じゃないだろね⁉」

途中で眠った茜が起きるということにお互い気づいて声を潜め、昔も似たようなことで口論になったことを思い出して二人で小さく吹き出した。

Fin.

（角川文庫『クジラの彼』に収録）

解説

三宅香帆（書評家・作家）

　本書は同じく角川文庫から同時発売となった『僕たちの月曜日』と並ぶ、仕事をテーマにしたアンソロジーである。しかしこのタイトルの並びを見て、なぜ男性版は「月曜日」なのに、女性版は「金曜日」なのか。と、眉を顰めつつ解説を開いた方もいるのではないだろうか。今回の企画のコンセプトは「女性主人公を中心とした、日本のお仕事小説（※分量の関係で短篇に限る）」。このコンセプトを編集の方から持ち掛けられた時、「女性の労働小説アンソロジー」がいまだ日本に存在しないことに、素直に驚いた。たしかに恋愛や青春といった縛りで組まれたアンソロジーはしばしば見かける。が、労働というテーマはこれまでなかったらしい。おお、とっておきのアンソロジーを編んでやるぞ。私はそう意気込み、自分の脳内読書検索をかけた。労働小説で、女性が主人公で、短篇小説。しかしこれが、

　意外と難しかったのだ。

愕然とした。みんな働いているのに、働いていることをテーマにした女性の短篇小説は、

今もそこまで多くない。もちろん舞台が会社の短篇小説は多数あるが、主軸は恋愛だったり家庭だったりすることも多い。もっと根源的に、仕事それ自体が持つ、魅力や、嫌悪や、恐怖や、歓(よろこ)びを主軸に据えた作品——そんな基準で探したものの、存外、短篇小説の数は少ないように思えた。そして気づいたのだ。本書の依頼が、「お仕事小説」としてやってきたことを。

そう、なぜか小説の世界で女性の労働をテーマに据えようとすると、「お仕事」という言葉に変換されるのである。お仕事ってなんだ、お仕事って。この原稿を書いている作業も「お仕事」なのだろうか。ただの労働である。そこにあるのは、お金を稼ぎ、生活をまわし、できればより不快の少ない環境で人と関わりたいと思う、ただそれだけの作業である。

しかし女性の労働を描くだけで、「お仕事」と呼ばれてしまう現実がある。この「お仕事小説」と呼ばれる現象そのものが、女性の労働を取り巻く問題の一表象ではないだろうか。私はそう思わざるを得なかった。タイトルの話に戻るが、やはりいまだに女性の仕事は「金曜日」——つまり仕事以外のことをする時間と、仕事をする時間を、天秤(てんびん)にかけながらやっていることだと思われているのではないか。

そこまで考え、そのうえでやはり私はこのアンソロジーを「私たちの金曜日」と名づけたい。なぜなら私は、月曜日ではなく、金曜日の労働だとみなされ続けている、女性たちの働く姿をきちんと記録しておきたかったからだ。

本書に収録されているのは、昭和から平成にかけて刊行された、女性の労働を描いた短篇小説である。中には時代錯誤に感じる描写もあるだろう。しかし私はそれも含めて残しておきたいし、楽しみたい。労働という途方もない毎日の営みのなかに、わずかな余白を見つけ、そこに物語を見出した作家たちの軌跡を読みたいからである。ただただ男女平等な職場で、ただただ普通に働きたい。そんな願望すら難しい昨今だが、それでもそんな現実を物語に昇華してくれる作家たちがこれだけいることに、私は救われた心地になるのだ。

さて、ここからは個別の作品の解説に入ろう。せっかく選者として書くスペースをいただいたので、選出意図と収録順の理由も、合わせて書き留めたい。

まずトップバッター、「社畜」（山本文緒）。私自身、この作家の描く労働の話がもともと好きだった。今回なんとか入れられないかと改めて短篇集を漁り、見つけた作品である。長篇ではあるが『自転しながら公転する』のアパレル仕事や、『パイナップルの彼方』の信用金庫の仕事など、彼女の小説には地道な労働描写がみちみちと敷き詰められている。今回の「社畜」の主人公もまた、派手な目標があって仕事をしているわけではない。生活のなかで仕事を地道にやっていくのが心地いいだけなのだ。ロマンや夢や成し遂げたい目標がなくても、仕事を楽しいと思える。そんな淡々とした主人公が私は大好きなのだ。

この作品を読むと、労働が「自己実現」と切り離せなくなっていることの難しさを感じる。本当は、実現すべき自己なんてどこにもない。居場所は今自分のいるこの場所だ。それだけのことを受け入れることが、現代では意外と難しい。淡々とした主人公が、私たちに、それでいいんだと教えてくれるようである。

「社畜」がオーソドックスな会社を舞台にした話だったので、同じく会社を舞台にした小説を次に選出した。しかし大きく異なるのが、時代。一九七九年刊行の『日毎の美女』という連作短篇集に収録された一篇、「美女山盛（やまもり）」（田辺聖子）である。主人公は「醜女」を自称するOLマメちゃん。彼女は木原梢をはじめとする会社にいる「美女」と、彼女たちにニヤニヤと近づく男性たちの観察を怠らない。お仕事小説の歴史は長けれど、ここまで「職場とルッキズム」を直接的かつコミカルに描いた作品がほかにあるだろうか。

今読むと、セクハラ発言もかなり多く、職場の華として女性が雇われる時代性にげんなりする読者も多いかもしれない。しかしこの作品の魅力は、七〇年代において早くも、容姿にとらわれることの滑稽さを描いている点である。現代においても、いくら職場で容姿を評する発言を禁じたところで、自分の容姿の評価を気にする人が減っているわけではないだろう。しかしマメちゃんの発言を読んでいると、容姿をなにか重要なものだと思い込んでいる私たちの方が、おかしく滑稽なのではないか。そう思わざるを得ないのだ。

またシスターフッドのような要素もあり、田辺聖子の先見の明に驚かされる短篇でもある。美人だが頭の悪い同僚・梢が「おもしれえなあ！」とマメちゃんに思われるラストシーンは爽快。バカな評価を下してくる人間なんてほっといて、ぜんざいでも食べたくなる小説だ。

会社員小説が続いたため、個人事業主の苦悩を描いた小説として選出したのが「こたつのＵＦＯ」（綿矢りさ）。三十歳の誕生日を迎えた小説家が、自分の仕事や人生に思いを馳せつつ一日を過ごす物語である。

語り手は「小説家が同世代の同性を主人公にすると、経験談だと思われる」と嘆く。なぜそのような構造が生まれるかといえば、小説家は自己実現の果ての職業、つまり、ありのままの自分を社会に（小説というかたちで）表現する仕事だと思われているからだろう。その思想に従うと、小説家は小説が評価されたぶんだけ、自分自身を評価され認められた気分になるはずだ。しかし本作の語り手は、「走った距離の分だけ心の空白は大きい」と吐露している。年齢を重ね、そのぶんだけ成長せよと言われる社会のプレッシャーが強くなっているからだ。それは本当に正しいプレッシャーなんだろうか？　と考える間もなく、

現代の私たちは走れと言われてしまうのだが。

どんな仕事をしていても、社会の求める姿と自分を比較し、悩んでしまうことは避けら

れないのかもしれない。しかしそうだとしても、本当は社会のプレッシャーに苦しみすぎず、軽やかに生きてみたい――この作品を読んでいると、そんな願望に気付かされる。

しかし仕事という概念を考えれば考えるほど、人間は奇妙なシステムを考えついたものだなと思ってしまう。「茶色の小壜」（恩田陸）は、職場という存在が持つ根源的な恐怖をそのまま小説にした作品と言えるだろう。

そもそも職場は、血縁も地縁もない人間同士が「ただ同じ仕事をする」という目的のために集められた場所だ。そのため隣の席で仕事をして、毎日顔を合わせている人であっても、同僚としての一面以外の顔を知らずに終わっていることは多々ある。が、それって意外と怖いことだ。こんなに長い時間一緒にいるのに、私たちは隣の人がどういう人か、あまり知ろうとしない。最近になってプライベートを詮索しないという規範はより強くなっている。しかしふと考えると、私たちはなんて奇妙な共同体を作り上げたのだろう、なぜそれが普通のことになっているのだろう、とゾッとする。この作品は、そんな職場に貼りついた恐怖を、小説にしてくれたのだと私は感じている。具体的にどのような展開か述べるのは控えるが、「職場ってこういう側面あるよな」と思ってもらえるのではないか。

平成になって、少女たちにとってぐっと身近になり、それでいて憧れは募る職業のひとつに、アイドルがあるのではないだろうか。「神様男」（桐野夏生）は、10代からアイドルを目指して上京したが、なかなか芽が出ない娘を眺める母の物語である。アイドルを目指すためのレッスン料を自分で払う必要があったり、アイドルグループ界で出世することの困難さを痛感したりと、現代のアイドルという職業にまつわる問題点も表現された小説だ。『グロテスク』や『OUT』といった長篇小説で、社会における搾取をテーマにしてきた作者だからこそ描ける、アイドルという夢を人質に男性に搾取される少女の悲劇がここにある。

アイドルに限らず、世間が若者の職業選択に際して「夢を持て」と煽るようになって久しい。しかし夢を煽る世間は、決して煽られた若者たちの未来に責任を取ってくれないのだ。この後、本作品に登場した姉妹がどのような道を辿るのか分からない。しかし夢という言葉が内包する気持ち悪さを、たしかにこの作品は掬い上げている。

仕事にまつわる熱狂と、執着と、そして諦念を描いた普遍的な作品として選出したのが「おかきの袋のしごと」（津村記久子）。仕事をやめた主人公が、さまざまな職場を渡り歩く連作短篇集『この世にたやすい仕事はない』に収録された作品である。主人公が関わる「おかきの袋に書かれた話題を考える仕事」も架空の仕事ではあるのだが、どこかで絶対に存在していそうな仕事内容や職場の雰囲気。架空の職場を描いているからこそ、友達の仕事の話を聞いているかのような身近さがある。そして主人公はどんどん「おかきの袋の仕事」に熱中するのだが、いつのまにか心身ともに少しずつ削られるようになる。その仕事への熱中と疲弊のタイムラインが、なんとも「よくありそうな話」で、読んでいて背筋が冷たくなるのだ。

職場という場所に伴う閉塞感、そしてふと醒めてしまう仕事への熱意。どちらも体験した人の多い感覚ではないだろうか。

そんなわけで仕事の内包する生臭さや恐怖を堪能しきった後で、最後は爽やかかつ女性の仕事を取り巻く環境に希望を持てるような作品にしたいと思い、「ファイターパイロットの君」（有川ひろ）を選出した。『空の中』という長篇小説の番外編だが、この作品単体でも、自衛隊の女性パイロットの日常を楽しめる作品となっているのではないだろうか。

これまでの作品とは打って変わって、仕事と家庭の両立に奮闘する女性が主人公。子育てしながら仕事に奮闘しつつ、理解のある夫を持つ光稀の姿を見ていると、「この世の男性がみんな高巳くらい愛と理解と言語力を持ってくれたら、女性の労働はどんなに楽に……」と思いかけてしまう。それはさすがにファンタジーだろうか。いや、ファンタジーでもいい、こういう作品で癒される人もきっといるはずだ！　今回読み返して改めてそう思ったので、最後を飾ってもらった。

さまざまな働く女性がいる。仕事は所詮、仕事だ。月曜日には憂鬱になり、金曜日にはホッとすることも多い。しかしそれでも私たちは、仕事で自分のやりたいことをなんとか実現しようとしたり、そんなつもりなかったのにうっかり仕事に邁進(まいしん)してしまったり、予想外に仕事に削られてしまったりする。「所詮」と言い切れないところに、仕事の難しさがある。

それでも明日、仕事はやって来る。楽しくなくても、楽しくても、仕事はただ、そこにある。

だとすればせめて、日本で働く人々を取り巻く環境が、少しでも良いものになることを願ってやまない。

働く人々にとって、本書が金曜日に飲むビールのような存在となることを祈って。そして日本にもっともっと働く女性の物語が多様に増えることを、切に願っている。

本書は角川文庫オリジナルアンソロジーです。

私たちの金曜日

有川ひろ／恩田 陸／桐野夏生／
田辺聖子／津村記久子／山本文緒／綿矢りさ
三宅香帆＝編

令和5年 1月25日 初版発行
令和5年 2月25日 再版発行

発行者●山下直久

発行●株式会社KADOKAWA
〒102-8177 東京都千代田区富士見2-13-3
電話 0570-002-301(ナビダイヤル)

角川文庫 23501

印刷所●株式会社KADOKAWA
製本所●株式会社KADOKAWA

表紙画●和田三造

●お問い合わせ
https://www.kadokawa.co.jp/（「お問い合わせ」へお進みください）
※内容によっては、お答えできない場合があります。
※サポートは日本国内のみとさせていただきます。
※Japanese text only

ISBN 978-4-04-113220-3 C0193

◆◇◇

角川文庫発刊に際して

角川源義

第二次世界大戦の敗北は、軍事力の敗北であった以上に、私たちの若い文化力の敗退であった。私たちの文化が戦争に対して如何に無力であり、単なるあだ花に過ぎなかったかを、私たちは身を以て体験し痛感した。西洋近代文化の摂取にとって、明治以後八十年の歳月は決して短かすぎたとは言えない。にもかかわらず、近代文化の伝統を確立し、自由な批判と柔軟な良識に富む文化層として自らを形成することに私たちは失敗して来た。そしてこれは、各層への文化の普及滲透を任務とする出版人の責任でもあった。

一九四五年以来、私たちは再び振出しに戻り、第一歩から踏み出すことを余儀なくされた。これは大きな不幸ではあるが、反面、これまでの混沌・未熟・歪曲の中にあった我が国の文化に秩序と確たる基礎を齎らすためには絶好の機会でもある。角川書店は、このような祖国の文化的危機にあたり、微力をも顧みず再建の礎石たるべき抱負と決意とをもって出発したが、ここに創立以来の念願を果すべく角川文庫を発刊する。これまで刊行されたあらゆる全集叢書文庫類の長所と短所とを検討し、古今東西の不朽の典籍を、良心的編集のもとに、廉価に、そして書架にふさわしい美本として、多くのひとびとに提供しようとする。しかし私たちは徒らに百科全書的な知識のジレッタントを作ることを目的とせず、あくまで祖国の文化に秩序と再建への道を示し、この文庫を角川書店の栄ある事業として、今後永久に継続発展せしめ、学芸と教養との殿堂として大成せんことを期したい。多くの読書子の愛情ある忠言と支持とによって、この希望と抱負とを完遂せしめられんことを願う。

一九四九年五月三日

角川文庫ベストセラー

空の中　有川　浩

200X年、謎の航空機事故が相次ぎ、メーカーの担当者と生き残ったパイロットは調査のため高空へ飛ぶ。そこで彼らが出逢ったのは……？　全ての本読みが心躍らせる超弩級エンタテインメント。

海の底　有川　浩

四月。桜祭りでわく米軍横須賀基地を赤い巨大な甲殻類が襲った！　次々と人が食われる中、潜水艦へ逃げ込んだ自衛官と少年少女の運命は⁉　ジャンルの垣根を飛び越えたスーパーエンタテインメント！

塩の街　有川　浩

「世界とか、救ってみたくない？」。塩が世界を埋め尽くす塩害の時代。崩壊寸前の東京で暮らす男と少女に、そそのかすように囁く者が運命をもたらす。有川浩デビュー作にして、不朽の名作。

クジラの彼　有川　浩

『浮上したら漁火がきれいだったので送ります』。それが2ヶ月ぶりのメールだった。彼女が出会った彼は潜水艦（クジラ）乗り。ふたりの恋の前には、いつも大きな海が横たわる――制服ラブコメ短編集。

図書館戦争
図書館戦争シリーズ①　有川　浩

2019年。公序良俗を乱し人権を侵害する表現を取り締まる『メディア良化法』の成立から30年。日本はメディア良化委員会と図書隊が抗争を繰り広げていた。笠原郁は、図書特殊部隊に配属されるが……。

角川文庫ベストセラー

図書館内乱
図書館戦争シリーズ②
有川　浩

両親に防衛員勤務と言い出せない笠原郁に、不意の手紙が届く。田舎から両親がやってくる!? 防衛員とバレれば図書隊を辞めさせられる!! かくして図書隊による、必死の両親攪乱作戦が始まった!?

図書館危機
図書館戦争シリーズ③
有川　浩

思いもよらぬ形で憧れの〝王子様〟の正体を知ってしまった郁は完全にぎこちない態度。そんな中、ある人気俳優のインタビューが、図書隊そして世間を巻き込む大問題に発展してしまう!?

図書館革命
図書館戦争シリーズ④
有川　浩

正化33年12月14日、図書隊を創設した稲嶺が勇退。図書隊は新しい時代に突入する。年始、原子力発電所を襲った国際テロ。それが図書隊史上最大の作戦（ザ・ロンゲスト・デイ）の始まりだった。シリーズ完結巻。

別冊図書館戦争Ⅰ
図書館戦争シリーズ⑤
有川　浩

晴れて彼氏彼女の関係となった堂上と郁。しかし、その不器用さと経験値の低さが邪魔をして、キスから先になかなか進めない。純粋培養純情乙女・茨城県産26歳、笠原郁の悩める恋はどこへ行く!? 番外編第1弾。

別冊図書館戦争Ⅱ
図書館戦争シリーズ⑥
有川　浩

〝タイムマシンがあったらいつに戻りたい？〟図書隊副隊長緒形は、静かに答えた――「大学生の頃かな」。平凡な大学生だった緒形はなぜ、図書隊に入ったのか。取り戻せない過去が明らかになる番外編第2弾。

角川文庫ベストセラー

ラブコメ今昔　有川　浩

突っ走り系広報自衛官の女子が鬼上官に迫るのは、「奥様とのナレソメ」。双方一歩もひかない攻防戦の行方は⁉　表題作ほか、恋に恋するすべての人に贈る〝制服ラブコメ〟決定版、ついに文庫で登場！

県庁おもてなし課　有川　浩

とある県庁に生まれた新部署「おもてなし課」。若手職員・掛水は地方振興企画の手始めに、人気作家に観光特使を依頼するが、しかし……⁉　お役所仕事と民間感覚の狭間で揺れる掛水の奮闘が始まった！

レインツリーの国　有川　浩

きっかけは一冊の「忘れられない本」。そこから始まったメールの交換。やりとりを重ねるうち、僕は彼女に会いたいと思うようになっていた。しかし、彼女にはどうしても会えない理由があって――。

キケン　有川　浩

成南電気工科大学の「機械制御研究部」は、犯罪スレスレの実験や破壊的行為から、略称「機研（キケン）」＝危険とおそれられていた。本書は、「キケン」な理系男子たちの、事件だらけ＆爆発的熱量の青春物語である！

倒れるときは前のめり　有川ひろ

掌編「彼の本棚」と、現在は入手困難な「ほっと文庫」に所収の「ゆず、香る」の2作の小説を特別収録！　創作秘話からふるさと高知のことまで、当代一の人気作家のエッセンスがここに。

角川文庫ベストセラー

ドミノ 恩田陸

一億の契約書を待つ生保会社のオフィス。下剤を盛られた子役の麻里花。推理力を競い合う大学生。別れを画策する青年実業家。昼下がりの東京駅、見知らぬ者同士がすれ違うその一瞬、運命のドミノが倒れてゆく！

ユージニア 恩田陸

あの夏、白い百日紅の記憶。死の使いは、静かに街を滅ぼした。旧家で起きた、大量毒殺事件。未解決となったあの事件、真相はいったいどこにあったのだろうか。数々の証言で浮かび上がる、犯人の像は——。

チョコレートコスモス 恩田陸

無名劇団に現れた一人の少女。天性の勘で役を演じる飛鳥の才能は周囲を圧倒する。いっぽう若き女優響子は、とある舞台への出演を切望していた。開催された奇妙なオーディション、二つの才能がぶつかりあう！

メガロマニア 恩田陸

いない。誰もいない。ここにはもう誰もいない。みんなどこかへ行ってしまった——。眼前の古代遺跡に失われた物語を見る作家。メキシコ、ペルー、遺跡を辿りながら、物語を夢想する、小説家の遺跡紀行。

夢違 恩田陸

「何かが教室に侵入してきた」。小学校で頻発する、集団白昼夢。夢が記録されデータ化される時代、「夢判断」を手がける浩章のもとに、夢の解析依頼が入る。子供たちの悪夢は現実化するのか？

角川文庫ベストセラー

おちくぼ姫　田辺聖子

貴族のお姫さまなのに意地悪い継母に育てられ、召使い同然、粗末な身なりで一日中縫い物をさせられている、おちくぼ姫と青年貴公子のラブ・ストーリー。千年も昔の日本で書かれた、王朝版シンデレラ物語。

田辺聖子の小倉百人一首　田辺聖子

百首の歌に、百人の作者の人生。千年歌いつがれてきた魅力を、縦横無尽に綴る、楽しくて面白い小倉百人一首の入門書。王朝びとの風流、和歌をわかりやすく、軽妙にひもとく。

ジョゼと虎と魚たち　田辺聖子

車椅子がないと動けない人形のようなジョゼと、管理人の恒夫。どこかあやうく、不思議にエロティックな関係を描く表題作のほか、さまざまな愛と別れを描いた短篇八篇を収録した、珠玉の作品集。

人生は、だましだまし　田辺聖子

生きていくために必要な二つの言葉、「ほな」、と「そやね」。別れる時は「ほな」、相づちには、「そやね」といえば、万事うまくいくという。窮屈な現世でほどほどに楽しく幸福に暮らす方法を解き明かす生き方本。

残花亭日暦　田辺聖子

96歳の母、車椅子の夫と暮らす多忙な作家の生活日記。仕事と介護を両立させ、旅やお酒を楽しもうとあれこれ工夫する中で、最愛の夫ががんになった。看病、入院そして別れ。人生の悲喜が溢れ出す感動の書。

角川文庫ベストセラー

私の大阪八景　田辺聖子

ラジオ体操に行けば在郷軍人の小父ちゃんが号令をかけ、英語の授業は抹殺され先生はやめてしまった。押し寄せる不穏な空気、戦争のある日常。だが中原淳一の絵に憧れる女学生は、ただ生きることを楽しむ。

ミュージック・ブレス・ユー!!　津村記久子

「音楽について考えることは将来について考えることよりずっと大事」な高校3年生のアザミ。進路は何一つ決まらない「ぐだぐだ」の日常を支えるのはパンクロックだった！　野間文芸新人賞受賞の話題作！

これからお祈りにいきます　津村記久子

人がたのはりぼてに神様に取られたくない物をめいめいが工作して入れるという、奇祭の風習がある町に生まれ育ったシゲル。祭嫌いの彼が、誰かのために祈る――。不器用な私たちのまっすぐな祈りの物語。

パイナップルの彼方　山本文緒

堅い会社勤めでひとり暮らし、居心地のいい生活を送っていた深文。凪いだ空気が、一人の新人女性の登場でゆっくりと波を立て始めた。深文の思いはハワイに暮らす月子のもとへと飛ぶが。心に染み通る長編小説。

ブルーもしくはブルー　山本文緒

偶然、自分とそっくりな「分身（ドッペルゲンガー）」に出会った蒼子。2人は期間限定でお互いの生活を入れ替わってみるが、事態は思わぬ展開に……！　読みだしたら止まらない、中毒性あり山本ワールド！

角川文庫ベストセラー

みんないってしまう　山本文緒

恋人が出て行く、母が亡くなる。永久に続くかと思ったものは、みんな過去になった。物事はどんどん流れていく――数々の喪失を越え、人が本当の自分と出会う瞬間を鮮やかにすくいとった珠玉の短篇集。

紙婚式　山本文緒

一緒に暮らして十年、こぎれいなマンションに住み、互いの生活に干渉せず、家計も別々。傍目には羨ましがられる夫婦関係は、夫の何気ない一言で砕けた。結婚のなかで手探りしあう男女の機微を描いた短篇集。

恋愛中毒　山本文緒

世界の一部にすぎないはずの恋が私のすべてをしばりつけるのはどうしてなんだろう。もう他人を愛さないと決めた水無月の心に、小説家創路は強引に踏み込んで――吉川英治文学新人賞受賞、恋愛小説の最高傑作。

ファースト・プライオリティー　山本文緒

31歳、31通りの人生。変わりばえのない日々の中で、自分にとって一番大事なものを意識する一瞬。恋だけでも家庭だけでも、仕事だけでもない、はじめて気付くゆずれないことの大きさ。珠玉の掌編小説集。

眠れるラプンツェル　山本文緒

主婦というよろいをまとい、ラプンツェルのように塔に閉じこめられた私。28歳・汐美の平凡な主婦生活。子供はなく、夫は不在。ある日、ゲームセンターで助けた隣の12歳の少年と突然、恋に落ちた――。

角川文庫ベストセラー